功罪の籤

本丸 目付部屋10

藤木 桂

時代小説

二見時代小説文庫

JN044380

目次

功罪の籤《くじ》——本丸 目付部屋10

功罪の籤《くじ》――本丸目付部屋10・主な登場人物

妹尾十左衛門久継《せのおじゅうざえもんひさつぐ》……十名いる目付方の筆頭を務める練達者。千石の譜代の旗本。

桐野仁之丞忠周《きりのじんのじょうただちか》……使番《つかいばん》から目付となった若者。穏やかな性格にして頭の回転が速い。

蒔田仙四郎《まきたせんしろう》……切れ者として名の通っている小人《こびと》目付。

稲葉徹太郎兼道《いなばてつたろうかねみち》……徒頭《かちがしら》から目付方へと抜擢された男。

本間柊次郎《ほんまとうじろう》……目付方配下として働く、若く有能な徒《かち》目付。

石川亮一郎《いしかわすけいちろう》……密かに仕舞屋《しもたや》を借り上げ「講《こう》」の看板に収まった無役の幕臣。

津島《つしま》……石川と組み始めた講から金を持ち逃げし、後には「偽籍」にまで手を染める。

西根五十五郎恒貞《にしねいそごろうつねさだ》……目付の中でも辛辣で世間を斜めに見るようなところを持つ男。

真行倉之助《しんぎょうくらのすけ》……家禄二百八十石の十九歳の旗本。親類に襲いかかった。

真行小夜《しんぎょうさよ》……突如自害をして果てた真行倉之助の妹。

西山志麻《にしやましま》……碓氷峠の関所破りで捕まった、代々勘定方を勤める旗本家の跡取り娘。

橘《たちばな》 斗三郎《とさぶろう》……四人いる徒目付組頭の中で特に目付の信頼を集めている、十左衛門の義弟。

おつた……長年西山家で働いていた女中頭。

吉見助之進《よしみすけのしん》……下谷御徒町七十俵五人扶持の小普請組。十四歳で吉見家の婿養子となった。

西山平七郎《にしやまへいしちろう》……商家の長男だったが、親が金で御家人株を買い西山家に婿養子に入った。

第一話　功罪のくじ

一

明和《めいわ》六年（一七六九）、梅雨《つゆ》の盛りの時分であった。

目付方の筆頭である妹尾十左衛門久継《せのおじゅうざえもんひさつぐ》は、いつものように『御用《ごよう》部屋』の上《うえ》つ方《かた》に呼ばれて、首座の老中から直々《じきじき》に、とある「新任人事」選考の調査の命《めい》を受けてきた。

役高・五千石の『大番頭《おおばんがしら》』の席が一つ、近々空くことが決定したのだが、その席に「本多幡三郎寛惟《ほんだばんざぶろうひろただ》」という家禄四千石の譜代旗本を就けるべきか否か迷っているゆえ、本多の素行を調べよというものだった。

『大番』方は将軍や幕府を護る武官の役方の一つで、江戸城ばかりではなく、京《きょう》の二《に》条城《じょうじょう》や大坂城《おおさかじょう》にも交替で出張し、それぞれで警備にあたるのが、その仕事である。

一名の『大番頭』の下に、補佐として『大番組頭』が四名つき、その下に平《ひら》の『大番』と呼ばれる番士が四十六名、つまりは『大番頭』一名に対して五十名が一組《ひとくみ》となるよう隊が構成されていて、これが「一組《いちくみ》」から「十二組」まであった。

このうちの「大番八組」の頭《かしら》を勤めていた者が体調を崩しており、

「まこと無念ではござりまするが、御役を辞して療養に専念いたしたく……」

と、支配筋の上役である老中方に辞職願を出してきたため、その穴を埋めるべく、家禄四千石の旗本・本多幡三郎の名が上がってきたという訳だった。

この案件の調査を是非にも担当してもらおうと、今、十左衛門は十人いる目付のなかから「桐野仁之丞忠周《きりのじんのじょうただちか》」を選んで、目付方の下《した》部屋に呼び出したところである。

下部屋というのは、城内に長時間勤務する者たちが、それぞれに着替えやら休憩やらに使う持ち部屋のようなものである。普通は「一つの役方に、一部屋」という具合に幕府から与えられているのだが、こと目付方は江戸城内の有事に備えて日中は『当番』、夜間は『宿直番《とのいばん》』と、昼夜一刻の隙もなく本丸御殿に詰めているため、目付方には特別に下部屋が二つ与えられているのだ。

この下部屋の一つに、今、十左衛門は桐野と二人きり余人を入れず、こもって話しているのである。

「なれば、その『大番八組』の頭に、あの市ヶ谷《いちがや》の本多さまが推《お》されているのでございますね」

他人事《ひとごと》ながら嬉しそうな顔つきになった桐野仁之丞に、十左衛門はうなずいて見せた。

「さよう。『定火消《じょうびけし》の本多さま』と申せば、目付方のなかでは一番に、貴殿がそのお人柄についてなど詳《くわ》しかろうと思うてな」

「はい。つい先達《せんだつ》ても、花見の席で乱闘になった旗本家の妻女たちを引き分けて、目付方《こちら》にお報せをくださりました」

今、本多が勤めているのは、俗に「定火消」と呼ばれている『江戸中　定火之番《えどちゅうじょうひのばん》』というお役である。

家禄四千石以上の旗本が就任するこの『江戸中定火之番』は、江戸を火災から守るため、市中のあちらこちらに建てられた「火消屋敷《ひけしやしき》」に住み暮らしており、自分の担当地域に火事が起こると、屋敷内に住まわせてある自分の火消組の配下たちを引き連れて、消火に向かうのである。

本多組の担当は市ヶ谷周辺であり、本多家の役宅である火消屋敷も、外堀に架かる市ヶ谷御門《ごもん》の橋に程近い市ヶ谷の左内坂《さないざか》にあった。

その本多幡三郎に、桐野は目付方の案件の調査で二度ほど助力をしてもらったことがあり、いかにも「火消の頭領」らしい豪放磊落《ごうほうらいらく》で男気のある本多の人柄を、かねてより好ましく思っていたのである。

「本多さまなら京や大坂の警固《まもり》に出られましても、五十人からいる組内の番士を難なく取りまとめて、見事、お役目を果たされることにてございましょう。むろん、いざ調査《しらべ》となりましたならば、私見はすっぱり捨てました上で、一から調べに取りかかる所存にてございますゆえ、どうかご安心のほどを……」

常に公平公正を守らねばならない目付方らしく、桐野が自らを律してそう言うと、十左衛門も筆頭として、それに応えてうなずいた。

「しかして桐野どの、実はこたびの本多さまが人事の調べに関しては、どうした訳か、上つ方よりことさらに『功罪のくじ引きをいたした上で、慎重に慎重を重ねて調べをいたせ』とのお命じがあってな」

「え……？」

と、桐野は目を丸くした。

「この人事に、『功罪のくじ』を使えとおっしゃいますので……？」

「いや、さよう、老中方より御用部屋《おへや》で命《めい》をたまわって、儂《わし》も正直、驚いた次第なんだが……」

この「功罪のくじ」というのは、目付が特殊な重要案件を調べる際に、実際にその調査の任にあたる配下の小人《こびと》目付たちに引かせる「くじ引き」のことである。

小人目付の重要な任務の一つに「隠密の調査」があり、御用部屋の上つ方も注視するような重大案件で、なおかつ大っぴらには調査ができないものの調べを進める際、目付は「この者なれば……」と信頼の置ける選りすぐりの小人目付二名を呼び出して、特別な隠密調査をさせることがあった。

調査の対象者や対象事についてを、一方向からの偏《かたよ》った見方で判断してしまうことがないよう、「功」と「罪」の二方向から手を分けて調査をさせるため、二枚の紙片の片方に「功」、もう片方に「罪」と記して一つずつに丸めた「くじ」を、呼び出した小人目付二名に引かせて、そのくじ当たりに従って「功」「罪」それぞれに分かれて調べさせるのである。

今回の案件でいうなら、これまでの本多の手柄や評判の良い部分を抽出する形で、「功績」のみに注視して調査するのが「功」のくじを引いた小人目付であり、逆に、「罪」のくじを引いたもう一人のほうは、これまでの本多の経歴のなかに失態や怠惰はなかったか、手柄とされている案件の裏にも何ぞ隠れた問題点はなかったかなどと、つまりは「あら探し」をするような具合に調査を進めるのだ。

こうして半ば無理にほじくり出すようにすることで、通常の形の調べ方では出てこない深い部分までを明らかにできるのが、「功罪のくじ」の効用といえた。

「しかしながらご筆頭、こたびが一件につきましては、あえて『くじ』など使わずともよろしいのではございませんか……」

「いや、そこよ」

桐野の言葉に、十左衛門も前のめりになった。

「町《まち》奉行《ぶぎょう》だの勘定《かんじょう》奉行だのならいざ知らず、番方《ばんかた》の頭《かしら》を選ぶに、『功罪のくじを使え』というのが、どうにも判らんのさ」

町奉行や勘定奉行といった、いわば幕府の行政や財政を担《にな》う役職に就く者は、役目柄どうしても多大な権力を持つことになってしまうため、そうした利権に流されて悪用したりすることのないよう、ことさらに自制心の強い清廉な人物を選ばなければならない。

それに加えて人一倍、仕事の能力のある人物でなければ務まらないので、必定《ひつじょう》、新任者を選ぶ際には、それこそ「功罪のくじ」を使って念入りに精査することが多かった。

だが今回は、幕府のなかでは「武官《ぶかん》」にあたる役職の、『番方』の人事である。

たしかに『大番頭』は役高も五千石で、幕府内に幾つかある番方の役職のなかでも一番に格の高い役であり、五千石級の旗本たちばかりか、一万石級の譜代大名たちまでが就任を狙う役職なので、「軽い人事」という訳ではない。

とはいえ今回のような大番頭の人事に「功罪のくじ」を用いるというのは、やはり異例には違いなかった。

「本多さまのご家禄が『四千石』であるというのが、こたびの人事の引っ掛かりになっているのでございましょうか？」

「うむ……。大番頭のお役高とは、たしかに千石からの開きがあるゆえ、そう簡単に『新任には、本多さまがご相当』と決められぬ嫌いはあろうが……」

十左衛門もそこまで言うと、つと桐野のほうに身を寄せて、声を一段おさえてきた。

「いやな、こたび上つ方の皆々さまが気にしておられるのは、何ぞか別のことではないかと思うのだ」

「別のこと、と申されますと？」

とたん桐野も十左衛門に合わせて、内緒話の体《てい》になる。その桐野に一つ小さくうなずいて見せると、十左衛門は声を落としたまま先を続けた。

「先般の御用部屋でのお話のかぎりでは、ご老中方の皆さまが、定火消としての本多さまのお働きを『良し』として、気に入っておられるのは確かなようでな。それでもなお本多さまのご登用に慎重にならざるを得ないということは、何ぞか『それ相応の懸念がある』ということであろうよ」

「では何か、良からぬ噂でもあるのでございましょうか？」

桐野も目付であるから、実際には自分が本多に対して好感を抱いていることを瞬時に切り離して、公平に私情を入れずに訊いてくる。

「うむ。ちと正直、考え難くはあるのだが……」

十左衛門も包み隠さずそう言うと、この一件を正式に桐野に託した。

「小人目付の人選については桐野どのにお任せいたすが、こと『罪《ざい》のくじ』を引いた者に関しては、事細《ことこま》かにお目を配《くば》うてやってくだされ」

「ははっ。心得ましてござりまする」

この一件、どうやら難しげな様相になってきたようである。

桐野仁之丞は、早くも配下の人選に考えをめぐらせ始めるのだった。

二

桐野が選んだ二名の小人目付は、「練達」といえる者たちであった。

一人目は最古参ともいえる小人目付、四十三歳の平脇源蔵《ひらわきげんぞう》という者で、もう一名は中堅ながらも「切れ者」と評判の高い、三十四歳の蒔田仙四郎《まきたせんしろう》である。

あの後、桐野はさっそくに人選を済ますと、すぐに二人を目付方の下部屋に呼び出して、今ちょうど余人を入れず三人きり、この案件のあらましを話し終えたところであった。

すでにくだんの「くじ」は桐野が自ら用意して、二人の前に置いてある。

三寸四方（たてよこ九センチ）ほどの紙二枚に、一つには「功」、もう一つには「罪」と書き、外からその文字が見えぬよう、くしゃくしゃと念入りに丸めて、くじを二つ作ってあるのだ。

「なれば、まず、平脇から引いてくれ」

「ははっ」

桐野に対し、改めて頭を下げると、平脇は一膝前ににじり出て、畳の上に二つ置かれた右側のほうを手に取った。

「よし。なら、残る左側《こちら》がほうが、蒔田ということになるな」

「はい。では私も、いただきまする」

そう言って蒔田も一礼し、残ったくじに手を伸ばした。

その蒔田を待つようにして、平脇も、ほぼ同時に紙を開いた。

「『罪』にてございました」

先に紙片の文字を見せてきたのは、平脇である。

「私は、こちらで……」

と、蒔田も『功』の文字を見せてくる。

その二人にうなずいて見せると、桐野はその先の話を詰めるべく、一膝寄って密談の形になった。

「して、まずはどうする？　ことに平脇がほうは難しかろう。正直、本多さまが対象《あいて》では、たぶん良い話しか出てはこぬぞ」

「さようでございますね。十人おられる火消役の皆さまのなかでも『市ヶ谷の本多さま』といえば、まずは一等のご評判でいらっしゃいますゆえ」

横手から先に答えてきたのは蒔田のほうで、見れば平脇源蔵は、少しく思案顔《しあんがお》になっている。

「どうだ、平脇。どのあたりから手をつける？　良くない噂が立っているとしたならば、狙い目は『同業』あたりが一番かと思うが……」

桐野が「同業」と呼んだのは、俗に「十人火消《じゅうにんびけし》」などと呼ばれる『江戸中定火之番』のことである。

本多組のある市ヶ谷左内坂のほかにも、麴町《こうじまち》の半蔵御門外《はんぞうごもんそと》や、昌平橋《しょうへいばし》に近い御茶《おちゃ》ノ水上《のみずうえ》など、『江戸中定火之番』の火消屋敷は、全部で江戸市中に十ヶ所あり、それぞれに自分の火消組の配下や人足たちを敷地内に住まわせながら、火事に備えているのだ。

むろん、おのおの担当区域はある訳だから、「どの組が、火事場にいち早くかけつけるか」などという手柄の取り合いは、めったに起こる訳ではない。

だが消火の仕方には、どうしても「上手《うま》い、下手《へた》」の差が出るであろうし、実際に火事に巻き込まれた家々の者たちにすれば、「あの評判の『市ヶ谷の本多さま』であったなら、ここまで火事は広がらなかったかもしれない」などと、自分の区域の担当『定火消』と比較して、非難するかもしれないのだ。

そうした噂話が世間の人々の間に広まって、「同業者」である別の『江戸中定火之番』たちの耳に入れば、当然、面白く思わないに違いなかった。

「いや実は私も、『揉める相手』として真っ先に頭に浮かびましたのは、火消の者たちでございまして……」

やっと答えてきた平脇が考えていた「火消の者たち」というのは、だが『江戸中定火之番』たちではなく、町人地に振り分けで組織されている『町火消《まちびけし》』たちのことであった。

その名の通り『町火消』は、町人たちで構成されている「町人地の防災」のための火消組である。

今を遡《さかのぼ》ること百年以上昔の明暦《めいれき》三年（一六五七）、俗にいう「明暦の大火」によって江戸市中の大半が焼け落ちて、十万人ともいわれる数の死者が出てからというもの、町人地には自治的に、町人たちの手による火消集団が、あちらこちらに作られていたという。

この町人の火消集団たちを、「町火消組合」として本格的な消防組織に整備したのは、八代将軍・吉宗《よしむね》公の下で町奉行を勤めていた大岡越前守忠相《おおおかえちぜんのかみただすけ》である。

以来、町火消は「い組」「ろ組」「は組」など「いろは四十八組」と「本所深川《ほんじよふかがわ》の十六組」を足した六十四組に編成されて、今でも町人地に火事が起きれば、近くの町火消の組の者たちが消火に駆けつけてくる。

だが一点、そうした町火消の者たちは「江戸の町は、この命を懸けてでも俺たちが守ってやる」という男気や心意気で動いているため、えてして組対抗の手柄争いなども起こりやすい。町火消どうしの火事場の取り合いはむろんのこと、幕府の消防組織である『江戸中定火之番』の火消組とも揉める現場は、以前から多々あったのだ。

「本多さまの火消組に、もしそうした揉め事のごときがありましたならば、町火消の間でも何かと噂になっていたことでございましょう。町火消の者らの集まる飯屋《めしや》か居酒屋でも探り当てまして、客として店《そこ》に紛《まぎ》れて、まずは探ってみようかと存じまする」

「おう、それはよいかもしれぬ」

明るい顔で大きく何度もうなずいてきた「桐野さま」の様子に、平脇は自信を得たようだった。

「はい。なれば、さっそく……」

「では桐野さま、私がほうはいつもの通り、まずはこたびの対象の『本多さまの組《くみ》内《うち》』の様子から探ってまいりまする」

横手からそう言ってきたのは、「功」のくじを引いた蒔田仙四郎である。

「うむ。なれば両名とも、よろしゅう頼むぞ」

「ははっ」

こうして異例の「功罪のくじ」での人事調査が始まったのだった。

三

幕府の消防組織である『江戸中定火之番』の火消組は、「頭《かしら》」である火消屋敷当主の旗本の下に、幕府から任じられて組内に入っている役高・現米八十石の『火消役組与力《ひけしやくくみよりき》』が六名と、その配下に役高・三十俵二人扶持《ぶち》の『火消同心《どうしん》』三十名がついている。

だが、さらにその下に『臥煙《がえん》』と呼ばれる火消中間《ちゅうげん》たちが三百人ほどもおり、その臥煙たちについては火消屋敷の当主である『江戸中定火之番』の旗本が、自分の払いで雇うことになっていた。

そもそも『江戸中定火之番』のお役には、「役高」というものがない。家禄が三千石以上の無役の旗本のなかから、「この者なれば……!」と選び出された旗本が、自身の家禄のなかでやりくりをして、消火活動に何だかんだと費用のかかる火消役を勤めるのである。

だが、さすがに『臥煙』の中間たちを三百人も雇っておかねばならないとなると、いくら高禄の旗本とはいえ、すぐに私財が底をついてしまう。

それゆえ幕府でも考慮して、火消屋敷内に住まわせる臥煙ら三百人の食費くらいは賄《まかな》えるようにと、『江戸中定火之番』の旗本には「役扶持」として三百人扶持、つまりは「一人あたり一日分で、玄米五合」の扶持米《ふちまい》を三百人分、支給している。

そんな臥煙中間が三百人、六名の与力や三十名の同心とともに、市ヶ谷の本多家の屋敷地のなかに住み暮らしているということだった。

「本多さまのところの臥煙さんたちは、そこらの火消の荒くれどもとは、ちょいとばか違いましてね、品《ひん》がいいんでござえますよ。飯を喰うにも酒を飲むにも、とにかくまあ、おとなしいもんで……」

本多家の「功」の調査を始めている蒔田仙四郎を相手にそう言ってきたのは、本多家の火消屋敷からは目と鼻の先の、市ヶ谷田町《たまち》にある飯屋の亭主である。

今、蒔田は働き口を探している浪人者を装い、客として飯を喰いながら、店の亭主と世間話の真っ最中であった。

「ほう。それはよいな。なら俺も、お仲間に入りやすいやもしれぬ」

「へえ。旦那のような元はご浪人の臥煙さん方も、幾人かおいでですから、ついこの先の口入屋《くちいれや》に行かれて、『本多さまんとこの臥煙になりてえ』と頼んでおかれちゃいかがで……」

「口入屋？」

と、蒔田はわざと目を丸くして見せた。

口入屋というのは、奉公先を斡旋《あっせん》してくれる周旋《しゅうせん》屋のことである。条件が合致して仕事が決まった暁には、奉公先からはもちろん、奉公人となる当人からも世話代を取って、その手数料で儲けていた。

「では、何か？ 直《じか》に本多さまのお屋敷に出向いて、掛け合ってみては駄目《だめ》なのか？」

「へえ。そうして直に行かれやしても、どのみちお屋敷の門番さんから『この先にある口入屋を通せ』と言われるだけでごぜえやすよ。どんなにいいお人が直に来たって、その場じゃ取らず、全部わざわざ口入屋を通されやすんで……」

「だがそれでは、むざむざ要らぬ口利き料を払わねばならないだけではないか」

「いや、そこでごぜえやすよ。そこが何とも『本多のお殿さま』のお優しいところでござんして……」

　飯屋の亭主が言い出したのは、本多家の臥煙の一人から聞いたという話である。

「いえね、何を隠そう、ちょうど旦那とご同様の、元ご浪人のお方でござんしてね、飯屋《うち》の馴染みのお客さまなんでござえやすが、その方も、最初は口入屋を通さずに、直に掛け合いなすったそうで……」

　すると「本多家の用人《ようにん》だ」という立派な侍が対応に現れて、丁重に断りを入れてきたそうだった。

　本多家《うち》は奉公人がみな長く勤めて、出入りが少ないから、臥煙が三百人から必要なわりには、口入屋に人員《ひと》集めを頼む機会がなかなかない。だからせめて臥煙に欠員が出た時くらいは、近所の口入屋に頼むようにと、常々、主人《あるじ》から命じられているのだ。

　ついては、すまぬが、この先に「田所屋《たどころや》」という口入屋があるから、そこで本多《こちら》の名を出して口利きを頼んでくれと、そう言われたらしい。

「結句、めでたく本多さまのところへご奉公が叶いなすった訳ですがね、その方がおっしゃいますには、何でも後で田所屋に払った口利《くちき》き代までお屋敷が、返してくれたっつう話でござえやすよ」

「ほう……。それはまた、豪気だな」

どうやら「本多幡三郎寛惟」という旗本は、このあたりの町場の者たちとも上手《じょうず》に近所付き合いをしているようである。

この様子であれば、蒔田《こちら》もこのまま「本多家に奉公したがっている浪人」のふりをして、この周辺の町場の者たちから、あれこれ話を聞けるかもしれない。

浪人姿の蒔田は、喰い終えた飯代を払って店の外へ出ると、市ヶ谷田町の大通りに建ち並ぶさまざまな商《あきな》い屋《みせ》を、先の先まで見渡した。

市ヶ谷御門橋にも近いこの市ヶ谷田町は、江戸城の外堀に沿って一丁目、二丁目、三丁目と、細長く続いている町である。大店《おおだな》も小店《こだな》もあれこれと建ち並ぶそのなかから、いかにも本多家に出入りをしていそうな商い屋を選んで、上手く聞き込みをかけねばならない。

ついその先に、まずは油問屋の看板を見つけると、蒔田は歩き出すのだった。

四

蒔田と平脇がそれぞれに「功」「罪」の情報を仕入れて、再び桐野のもとに集まったのは、六日ほど後のことである。

「いやまこと、どこで話を聞きましても、ものの見事に『良い話』ばかりにございました」

先に報告をしているのは、「功」の受け持ちの蒔田仙四郎である。

今、三人は、余人を入れずゆっくりと話をするため、桐野がいた目付部屋から目付方の下部屋のほうへと移ってきているのだが、まずは蒔田が飯屋の亭主から聞いた話を、簡潔にし終えたばかりであった。

「して『良い話』というのは、やはりその飯屋がような町場の者たちからの話か？」

桐野が訊くと、「はい」と蒔田はうなずいた。

「油問屋や炭問屋、味噌屋、蠟燭《ろうそく》屋といったあたりは、どこも大店でございましたゆえ、さしたる話は聞けなかったのでございますが……」

そうした大店というのは、万事に商家としての心得《こころえ》が「家訓《かくん》」のように出来上がっているものだから、何につけ他人の噂話などは安易に口にはしないよう、主人以下、家族も奉公人も徹底して気をつけている。

だが田町の町場には、くだんの飯屋のような小体《こてい》な店もたくさんあり、そうした小店は、自然、大店の老舗《しにせ》ほどには商家としての教育も徹底していないため、蒔田が「職探しの貧乏浪人」を演じて、上手く相手の懐《ふところ》に入ってしまえば、「どっかのお武家に中間奉公をなさりたいってえなら、たしかに本多さまのお屋敷が一番で……」と、あれこれ話を聞かせてくれるところも多かったのである。

「本多さまでは、くだんの口入屋をはじめとしたあのあたりの商家を『本多家の御用《ごよう》達《たし》』にして可愛がっておられますので、必定、町場の者たちからは随分《ずいぶん》と慕われているようにてございました。ただ、ちと驚きましたのは、皆がこぞって『本多さまの消火《ひけし》活動』の腕を褒めちぎっておりましたことで……」

「ほう……。まあ、たしかに本多さまの火消組は、幕府内でも『火の読み』がめっぽう上手いことで知られているがな」

桐野の言った「火の読み」というのは、火事が起きた際に「この先、火がどちらの方角に、どんな状態で燃え広がるか」を、風向きや火の勢いから読み取ろうとすることである。

そもそも江戸の市中は人口の密度が高く、ことに町人地は建物がひしめいているような状態で建っているため、いったん火事が起きると、次々に隣へ隣へと燃え広がっていってしまう。

それゆえ火消たちはいざ現場に駆けつけると、できるかぎり正確に「火」を読んで、これから燃え広がるであろう方角にある火種となりそうなものを、まずは急いで退《ど》かしにかかった。

　つまりは次に類焼するであろう建物などを壊して、空き地にするのだ。

　そうした空き地が一定の広さで確保できれば、そこで火の燃え広がりが止められる可能性が高くなるからであった。

　むろん消火活動に、水が使えない訳ではない。人力で圧《あつ》を加えて水を遠くに飛ばす『龍吐水《りゅうどすい》』と呼ばれる道具もあるにはあったが、建物の火事を消火するほどの威力はなかったのである。

　それゆえ火事においては、駆けつけてきた火消組の「火の読み」が上手か下手かで、火事場付近の者たちの運命が決まってしまうというのが実際であった。

「本多さまが組《ところ》は単に火の読みが上手いというだけではなく、町場の者の生活《くらし》を守るべく、ギリギリまで周囲の家の破壊などはせぬよう、徹底していなさるそうで……。万事、火事の収め方法《よう》が秀逸で、他所《よそ》の『定火消』とは段違いだと、ずいぶんな褒めようにてございました」

「え……？」

　と、桐野が目を丸くした。

「『他所の定火消とは違う』などと、町場の者がさようなことまで申しておるのか？」

「はい。そうした話は、どうやら『町火消』の人足たちが、酒の肴《さかな》にあちこちで話しているようでございまして」

「町火消？　では町火消が定火消である本多さまを褒めて、噂を広げているというのか？」

正直、「町火消と定火消」といえば、互いに火事場の手柄を争って仲が悪いというのが通例である。

市ヶ谷の田町にも、そこを担当区域の一部としている町火消の組があるはずで、そんな町火消の人足たちが本多組をべた褒めして酒の肴にしているというのが、何とも驚きであった。

「桐野さま。ちとよろしゅうございましょうか」

と、横手から口を挟んできたのは、これまでずっと聞き役にまわっていた平脇源蔵のほうだった。

「本多組の在《あ》り様《よう》でございましたら、こちらでも、だいぶ話にのぼっておりました」

「おう。そういえば、たしか平脇《そなた》がほうは、『同業』の火消を狙って聞き込みをかけると申しておったな」

「はい。まずは少しく離れた区域《ところ》から狙ったほうがいいかと、外堀を挟んだ飯田町《いいだまち》や、半蔵御門前の麹町あたりで聞き込んでみたのでございますが……」

飯田町というのは江戸城の内堀と外堀の間に広がる武家町で、禄は大小さまざまだが、多くは譜代の旗本たちが屋敷地を拝領している。この飯田町にも、本多幡三郎とはまた別の『江戸中定火之番』の旗本がおり、火消屋敷を拝領して、組下の配下や臥煙たちを従えて住んでいた。

一方の麹町は、町人たちの住む町場が広く長く続いている区域である。その麹町には隣接するようにして武家地が広がっているのだが、こちらにも、やはりまた別の『定火消』が火消屋敷を構えている。

そうしてどちらの区域にも同様に、この旗本の『定火消』に加えて、近場には『町火消』の組も控えているため、本多の同業者たちから情報を得たい平脇にとっては、好都合であったのだ。

「先ほど仙四郎が申しました通り、こと本多さまの火消組が他の組に比べて、万事に優れておりますことは明白にございましょう。けだし他組の者らに言わせれば、『あれは火消の度を超している。早い話が幕府への点数稼ぎであろうよ』と、まあさような具合に……」

「ほう。『点数稼ぎ』などと言っておったか？」

「はい。町火消の者らはともかく、飯田・麴町双方の臥煙中間たちなどは、はっきりと悪し様《あざま》に申しておりまして……」

たしかに「火の読み」も上手かろうし、風下《かざしも》の家の破壊をギリギリまで待ってやるのも、火消としては正しかろう。

だが類焼や予防破壊などで家を失った者たちを、いちいち自分の屋敷に連れ帰って保護してやるというのは、さすがにやり過ぎというものであろう。

噂話《はなし》に聞けば「本多さま」は、そうした者らが一時的に住めるようにと、自分の屋敷の敷地内に長屋のごとき建物を増設までしているそうで、それだけでも十分に「定火消の職域の度」を超えているというのに、店を焼かれた町人が出た場合には、本多家の出入り商人にしてやったりもしているらしいのである。

「いちいち定火消《ひけし》がそんなことまでしていたら、金も暇もいいようにかかってキリがない。本多家はいいかしれないが、『市ヶ谷の本多さまは、こちらの火消組の皆さまとは違い、ずいぶん《じぶん》とご親切だそうだ』などと比べられては、こちらはいい迷惑だと、他家の臥煙たちが散々にこぼしておりました」

「なるほど……。他家からすれば、当然やもしれぬな」

「はい。正直、私も、さようにと……」

普通に見れば、『江戸中定火之番』としての本多幡三郎の勤めぶりは、まさしく「功」ばかりである。

だがやはり人物にせよ、物事にせよ、陽が当たって明るく見える面の裏には、必ずや何かしらの影はできるのだ。

「桐野さま。実はこたびの調査《しらべ》のなかで、もう一方《ひとかた》、ちと気になるお方がおられまして……」

「気になるお方？　誰だ？」

「それが……。実は、『尾張《おわり》さま』にてございまして……」

「…………！」

あまりの答えに、桐野は瞬間、息を呑《の》んだ。

「尾張さま」といえば、徳川《とくがわ》御三家のうちでも筆頭格であられるお方である。

まだ言葉も出ずにいる桐野に、平脇は先を続けて言ってきた。

「本多家の火消屋敷のございます市ヶ谷の左内坂をのぼりきった先には、尾張さまの上屋敷がございます。その尾張家の中間たちが、他家の者らと同様に、やはりあれこれ『本多さまのご活躍』について悪《あ》し様《ざま》に申して、酒の肴《さかな》にいたしておりましたのが、どうにも気になっておりまして……」

「して、『悪し様』とは、実際にどんな具合だ?」

ようやく声を出した桐野に、平脇が言ってきた答えは、やはり少しく空恐ろしいものだった。

「『たかが四千石ぽっちの旗本のくせに、いい気になって……』と、まずは全体そうした批判にございました。あの周辺の町場では『左内坂のお殿さま』といえば、それはもう間違いなく『本多さま』を指しますそうで、尾張家ご家中の皆さま方におかれましては、常々それを忌々《いまいま》しく思っていなさるのだそうで……」

平脇が言い終えると、横で蒔田もうなずいてきた。

「いやまこと、おっしゃる通りにございましょうな。実際、私が田町で聞きましたかぎりでも、『御火消の本多さま』だの『田町《うち》のところの殿さま』だのと、かなりな慕われようでございましたゆえ」

「さようか……」

桐野は小さく息を吐いた。

「ではこれが、こたび『功と罪で、くじを引け』と命じられた所以《ゆえん》だな。本多さまのご活躍を尾張家が『良う』は思うておられぬらしいという噂話を、さしずめ御用部屋のどなたかがお耳にでもなさったのであろうな」

「はい。おそらくは……」

平脇も答えて、沈鬱にうつむいている。

すると蒔田仙四郎が、横で小さく独り言のように、こう言った。

「ですが、はたして『罪《ざい》』なのでございましょうか……」

「…………？」

蒔田が何を言わんとしているのかが一瞬判らず、桐野が覗き込むようにすると、蒔田はいかにも「功」側の調査の担当者らしく、本多幡三郎をかばって、話の先をこう続けた。

「『功』あって目立てば、それを傍《はた》からあれこれと嫉《ねた》まれる場合《こと》があるのは、世の習いでございましょう。ただそれだけのことを、『罪』として取り立てて責めるというのは、いかがなものかと……」

「さようさな」

桐野は大きくうなずくと、目付方《めつけ》らしく、白黒をはっきりつけて断言した。

「縦《よ》し、どなたが相手であろうとも、『罪なき本多家《もの》を、罪あり』と、我ら目付が認める訳にはまいらぬ。それは当然、御用部屋の上つ方であろうが、御三家・御三卿の皆々さまであろうが、同じことだ」

「き、桐野さま……」

あわてて腰を浮かせたのは、平脇源蔵である。

今ここは目付方の下部屋で、たしかに他人の耳目がある訳ではないのだが、それでもやはり江戸城の本丸御殿のなかなのだ。

この「桐野さま」は、色白で小柄な優男《やさおとこ》という風で、一見いかにもおとなしげな、繊細なお人柄かと見えるのだが、存外に肝《きも》の据《す》わった、破天荒《はてんこう》な部分をお持ちの人物《ひと》である。以前にも、まだ十八の若い大名をかばって、御用部屋の上つ方を相手に一歩も引かなかったことがあり、「あわや、御役御免《おやくごめん》か？」と、当時、周囲はずいぶんと心配させられたものだった。

今もまた、よりにもよって「御三家」だ「御三卿」だと、聞けば震えがくるような御家の名を、平気で口に出してくる。

これ以上「桐野さま」が剣呑《けんのん》な話を続けないよう、平脇は、あわてて話題の修正にかかった。

「けだし、まだ『罪《こちら》』がほうは、調査《しらべ》の途中にてござりまする。先ほどの尾張さまの一件を含め、何ぞ他にも隠れたものがあるやもしれませぬし……」

「ああ、いやまこと、さようさな」

自分《こちら》の心配をしてくれたのであろう平脇の気持ちを有難く汲み取ると、桐野は改めて、平脇と蒔田とに等分に目をやった。

「さすれば『功』と『罪』、引き続き、相頼む」

「ははっ」

二人は揃って頭を下げると、さっそくそれぞれの調査に戻るべく、下部屋から出ていった。

一人残されたのは、桐野仁之丞である。

ようやく全容が見えてきたらしいこの案件を、これより先、実際どう料理したらよいものか、桐野は悶々と考え始めるのだった。

五

蒔田と平脇の二人が「功」と「罪」に分かれて、再び調査をし始めること、十日あまり。だがこの十日あまりの期間で、新たに判った目ぼしい事実は、「皆無」に等しかった。

蒔田が探れば、いくらでも「功」は出てきたが、目新しい訳ではない。

一方、平脇の探る「罪」のほうも、周囲から出てくる話は、本多家や本多組の人気や活躍を嫉むような内容ばかりで、そうしたなかに、やはり尾張家の存在もはっきりと見て取れはしたが、それだけのことである。

目付《めつけ》方が「罪」と判断できるような明確な悪行《あくぎょう》は、家禄四千石の譜代旗本・本多幡三郎寛惟には、いっさい見つけることができなかったのである。

だがこの十日あまりの間で一つだけ、見るからに、日に日に変化が進んでいた事実があった。

断続的にではあるのだが、毎日必ず、それも少なからず降り続いていた梅雨の雨が、江戸の市中を静かにどんどん浸食していたのである。

もとより江戸は、明和の今より百五十年以上も昔に、神君・家康《いえやす》公が幕府を開くにあたり、人工的に整備して造った町である。

神田《かんだ》の山を切り崩して掘割《ほりわり》の運河を造り、そこで出た大量の土砂で、日比谷《ひびや》の入り江や海岸沿いの湿地帯を埋め立てて、江戸の町をどんどん広げていったのである。

それゆえ埋め立てで造成されている地域は大雨や長雨に弱く、また一方、山や台地の一部を崩して平地にして造った町には、残っている山や台地から、必定、雨水が流れて集まってくる。

そんな場所の一つに、市ヶ谷の田町もあった。

市ヶ谷の田町は一丁目から三丁目まで、外堀に沿って延々と、長く続く町である。

その外堀とは逆の側、田町の北西にあたる方角には広く台地が続いていて、小禄の幕臣たちの住む武家地になっていた。

この高台になった武家地から、雨水は、毎日どんどん堀沿いの低い田町に流れ込んできたのである。

堀に沿った通りなのだから、ごく普通に考えれば、雨水は道には溜まらずに、外堀に流れ落ちていくはずである。

だが実際には堀の土手にあたる緑地には、小屋がけの屋台のような小店が軒を連ねており、雨水がそのまま堀に落ちるような状態になってはいなかった。

地面はすでに目いっぱいの雨水を吸い込んでいるから、降り続く雨を受け止めきれず、道のいたるところに大小の水たまりができている。それがどんどん、見るからに大きくなってきて、水たまりどうしが次々と繋がり、道路は全体うっすらと水が溜まって、表面が池のようになってきた。

そこに十四日目の昼あたりから、誰もがギョッと驚くほどの大雨が降り始めたのである。

まさしく滝のような激しい雨で、おまけに風も強くなり、その雨風に、道の表面に溜まった水が打たれて、煽《あお》られて、全体に水飛沫《みずしぶき》を上げている。

通りを行き交っていた通行人たちは、ずぶ濡れの身体で近くの店に駆け込んでいく者もあり、また他方、ひどい風雨に耐えながら家路を急ぐ者もありで、とにもかくにも誰一人として通常の商売《あきない》などはできなくなっていた。

それでも人間《ひと》というものは、とことんまで「異常」が迫ってこないかぎり、できるだけ普段と変わらぬ「日常」を続けようとしてしまうらしい。

通りは一面、大池のごとくとなり、空にも黒々とした雲が延々と先まで広がっているというのに、町の背後に控える高台から、とてつもない量の雨水が引きも切らずに流れ落ちてきていることに、もっとも低い田町の堀沿いに住む者たちは、なかなか気づけずにいたのだ。

実際、田町の北西側は全体が台地になっており、急坂の『左内坂』をはじめとして、『浄瑠璃坂《じょうるりざか》』、『中根坂《なかねざか》』『逢坂《おうさか》』などと、堀沿いの田町に向けて下ってくる坂が幾つもある。そうした坂がどこもみな、まるで渓流のような状態になって、人がまともには歩けぬほどの水量を、延々と流し続けていたのだ。

昼あたりから始まったこの豪雨は、夕刻を過ぎて夜になっても勢いを落とさず引き続いて、その時分には、すでに堀沿いの大通りにある家々は、家の内部《なか》まで水浸しになっていた。

むろん、ほとんどの者たちは明るいうちに家財を高い場所に移したりして、できるかぎりの対策はし終えていたのだが、土間だけではなく床の上まで水が上ってきているから、いくら二階のある家でも、悠長に寝ていられるものではない。

安普請の裏長屋などは雨漏りのする場所も多々あって、「上からは雨漏りが、下からは汚水混じりの水が攻めてきて」と、どうにも逃げ場がなくなってしまっていたのである。

そんな町場の者たちを助けて、夜の市ヶ谷を縦横無尽に奔走していたのが、本多幡三郎寛惟率いる本多組の者たちであった。

本多家の火消屋敷は、正面の玄関口が堀沿いの大通りに面しているため、自分の家の敷地内も一部は水浸しになっている。

それゆえ本格的に水が上がってきた夜半には、「これは町場の者たちも、どんなにか難儀《なんぎ》しているに違いない」と、組内の配下の者らに命じて、手を分けて市ヶ谷の町場の救助に向かったのである。

だが一方、そんな本多組よりも一足先に町場の救助に駆けつけていたのは、目付方の平脇源蔵と蒔田仙四郎の二人であった。

本多家の「功」「罪」について調査をするため、平脇と蒔田はいつものように単身であちこち動いていたのだが、昼頃から驚くほどの豪雨になり、それが夕刻近くになっても降り続いていたため、町の背後に広大な高台を抱えている市ヶ谷の田町を心配して、二人はそれぞれに駆けつけていたのだ。

「まずは本多家の屋敷の様子を……」と、二人ともに、最初に考えることは同じであった。

目付方の人間《もの》としては、やはり何より調査対象である本多家の様子を確かめねばならない。

それぞれに駆けつけてきた二人が、本多家の屋敷の前で行き合ったのは夕方で、まだ水は大通りを満たして池のようになっていただけで、家々のなかにまでは入っておらず、したがって本多組も、いまだ動き出してはいなかったのだ。

だが二人は、ついさっき左内坂や浄瑠璃坂をまわって、様子を見てきたばかりである。高台になった武家地のほうから次々と、川のように途切れることなく流れ続けていたあの水が、最終どこに到達して集まっていくかといえば、それはもちろん市ヶ谷田町の大通りなのだ。

「どういたしましょう、平脇さま。やはり桐野さまにも、お報せをいたしましたほうが……」

「うむ。このままに降り続ければ、いずれは水が町の内部《なか》まで入ろうからな。江戸城内《しろ》や、他の市中の様子も気になる。足労をかけるが、他所《よそ》を見がてら、桐野さまがところにご報告を頼めるか？」

「はい。なれば、さっそく……」

そう言うと、早くも蒔田は土砂降りのなか、城のある市ヶ谷御門の方向へと、踵《きびす》を返した。

「仙四郎。道中、くれぐれも注意してまいれよ」

「はい。平脇さまも、どうかお気をつけて」

「おう」

豪雨に煙って見えなくなっていく蒔田仙四郎の背中を見送ると、平脇は市ヶ谷の町場のなかに、ことさらに危険な場所がないかを見まわるべく、水の溜まった大通りを歩き始めるのだった。

六

蒔田仙四郎から報告を受けた桐野が、蒔田や数人の配下とともに市ヶ谷田町へ駆けつけた時には、もうすっかり日が落ちて、あたりは暗くなっていた。

すでに大通りに面した店という店には、内部にまで水が入り込んでいて、町全体が大騒ぎになっている。

江戸城からこの市ヶ谷の田町まで来る間にも、水が溜まり始めている場所は多々あって、どこも住民たちが夜の土砂降りのなか、自分や家族や家屋敷を守るべく懸命に動いている最中であったが、どうやらこのあたりが一番に、水の溜まり具合がひどいようである。蒔田からの報告の通り、やはり背後に広大な高台を背負っていることが、原因であろうと思われた。

目付の桐野は旗本だから、普段なら騎馬《きば》でどこへでも出かけるのだが、今日ばかりは目の前がよくは見えないほどの豪雨なため、何かの際に馬が驚いて暴走などしないよう、蒔田ら配下の者たちと同様に、城からは徒歩《かち》で来ている。

今ここは田町の大通りの中程であったが、水は膝《ひざ》のすぐ下まで溜まっており、おまけに上から滝行のごとくに激しい雨が打ち付けているものだから、歩きづらいこと、この上もない。

「どうだ、仙四郎。見えるか？　平脇はどこかにおりそうか？」

雨の音に負けぬよう、桐野が精一杯に声を張ると、蒔田も懸命の大声で答えてきたようだった。

「相すみませぬ。あらかじめ『ここにて……』と、出会う場所《ところ》を定めておけばよかったのでございますが……」

「よいよい。どうせこれでは決めておっても、はぐれよう。とにかくまずは本多さまがご様子をば、先《さき》に確かめに参るぞ」

「ははっ」

本多家の正面玄関にあたる正門は大通りに面していて、武家屋敷にしてはめずらしく、門の左右を町場の商家に囲まれている。

その正門を目指すべく、煙る豪雨のなか、皆で目を凝《こ》らして進んでいくと、横手から、

「桐野さま！」

と、叫ぶような声が聞こえてきて、平脇がこちらを見つけたらしく、じゃぶじゃぶ

と懸命に駆け寄ってくるのが見えた。

「おう、平脇！　待たせたな」

「とんでもござりませぬ。こちらこそかえって報告などいたしまして、かような現場《ところ》にお呼び立てをいたしてしまったようで……」

ずぶ濡れの「桐野さま」に本気で恐縮しているらしく、平脇はこちらに頭《こうべ》を垂れている。

そんな平脇の肩に手を伸ばして「気にするな」という風にポンポンと叩いてやると、桐野はまた土砂降りの雨の向こうに目を凝らした。

「して、本多さまがお屋敷の様子はどうだ？」

「いやそれが、実は、しばし前から本多さまが『町場の者が逃げ込めるように』と、お屋敷の御門を開放なさっておられまして……」

「おう、さようか！」

大通りに建ち並ぶ店や家は、すでに軒並み床上まで浸水してしまっているそうで、そうした町場の者たちの避難所として自邸を開放しているそうだった。

「よし！　なれば、まずはご挨拶をいたして、どこからどう救助の手出しをすればよいものか、本多さまにうかがおうぞ。こうした有事は、皆が気を合わせて動かねば、どうしても無駄《むだ》や軋轢《あつれき》が出る。ここいらを知り尽くした本多組の指示に従うが、万事、得策というものだ」

「はい！」

そう言って、皆で本多家の正門に向けて歩き出した矢先であった。

気がつけば煙る豪雨のつい先に、道の途中で立ち往生しているらしい老婆と女人の二人連れの姿が見える。

おそらくは膝のあたりまで溜まった水と、身体を叩きつけてくる雨とに体温を奪われて、動けなくなっているのであろう。

姑《しゅうとめ》か母親かと見える老婆をかばうように後ろから抱きかかえて、雨のなか立ちすくんでいる四十がらみの女に、桐野は横手から声をかけた。

「どうした？　行きたい先は、本多さまのお屋敷か？」

「は、はい……」

すると、そうして女が答えてくるのを待ち構えていたものか、蒔田が老婆を促《うなが》して、背におぶってやっている。

「お武家さま……。お有難うございます」

口を利く余力もないらしい老婆の代わりに、女が礼を言ってきて、そのまま蒔田が老婆を背負い、平脇が四十女のほうに手を貸してやる形で、どうにかこうにか、皆でようやく本多家の前までたどり着いた。

だが見れば、開け放たれた本多家の正門自体も、半ば水に埋もれている。その門の先も、およそ四、五間《けん》（八メートル前後）ほど先までは冠水していて地面が見えず、本多家の敷地が左内坂に沿って坂状になっているのが、よく判る形となっている。

水が溜まっている入り口の部分をのぼりきり、ようやく足が普通に地に立てるところまで行くと、桐野はすぐ先で滞《とどこお》っている人々のかたまりに向かって、大声で名乗り始めた。

「頼もう！　拙者、目付の桐野仁之丞と申す。どなたか、本多家ご家中のお方はおられぬか？」

見るかぎり、ほとんどは避難してきた町場の者たちなのであろう。突然、後ろから名乗りを上げてきた武家の一行を振り返って、少しく驚いていた風であったが、すぐに見るのはやめにしまい、自分たち自身のことにそれぞれ意識を戻している。

夜のことでもあり、全身がずぶ濡れな上に、いまだ雨脚も激しいままで、とてものこと、見知らぬ武家に礼儀を尽くそうという余裕などないに違いなかった。

「桐野さま」

と、横手から声をかけてきたのは、平脇源蔵である。

「ちと私、奥のお屋敷のほうまで押しかけまして、お声をかけてまいりまする」

「おう。そうしてくれるか」

「はい。では、しばしお待ちのほどを……」

そう言って平脇は、目の前にある大混雑を抜けて奥へと行くべく、果敢《かかん》に人々の間を縫って消えていく。

その平脇の後ろ姿を見送っていると、横で別の配下の一人が「あっ、危ない！」と声を上げた。

見れば、さっきの自分たちのように本多家の入り口の冠水を渡ってこようとしている母子連れが、今まさに転ばんとしているところであった。

母親らしき女は片手に赤子を抱いており、残る片手で十になるかならずかの男児の手を引いていて、その男児が何かに足を取られて転んだらしく、赤子を抱いた母親までが釣られて、水のなかに頭まで突っ込む形で転びかかったのだ。

「おい！　大丈夫か？」

桐野も蒔田も他の配下の者たちも、あわてて皆で駆け寄って、母子三人を助け起こす形となった。

つと見れば、まだ後ろからも続々と年寄りや女子供たちが、おぼつかない足取りで必死にこちらへと向かってくる。

その者らをただ黙って見てはいられず、桐野たちは、またも冷たい水のなかに突っ込んでいくのだった。

七

本多家に避難してくる者たちの多くが、女子供か年配者ばかりであり、働き盛りの成人男性がほとんどいない事実《こと》には、明確な理由があった。

一階が浸水しても濡れぬよう、家の二階などにあらかじめ運び上げておいた家財が、この洪水のどさくさで泥棒に盗まれないよう、家長である父親や、長じて十五、六を過ぎた息子などが家に残って、守っているのである。

二階部分のない平屋建ての家でも、梁の間に物干し竹や木材を長く渡して、その上に戸板などをのせて、そこで寝起きをしたりしているようだった。

そんな具合で、どこも家長《かちょう》がたいてい抜けてはいるのだが、それでもやはり避難してくる町人の数は、とてつもないものである。

「本多さまがお屋敷を開放して、水が引くまで住まわせてくださるそうだ」

という情報は、広く市ヶ谷一帯に広まっているらしく、本多家のある田町だけではなく、隣町の船河原町《ふなかわらまち》や八幡町《はちまんちょう》からも避難者が押し寄せていたのだ。

さっき平脇が本多家へ話を通すため、敷地の奥に建っている母屋に顔を出してきたのだが、母屋のほうにまで避難者が集まっていて、入れる部屋の振り分けやら、濡れた身体を乾かすための火鉢の用意やら、握り飯や白湯《さゆ》の配布やらで、屋敷中てんてこ舞いになっていたという。

それでもだいぶ待った後、ようやく本多家の『用人《ようにん》』だという老侍が応対に出てきたのだが、

「ぜひ目付方《こちら》も、救助のお手伝いをばさせていただきたく……」

と、平脇が申し出をしたところ、

「お有難う存じまする。今はいささかバタバタといたしておりまして、ちと主君《あるじ》も手が離せないのでございますが、『桐野さまには、後日こちらから改めてお礼のご挨拶にうかがわせていただきたい』と、さように申しております。まことご無礼をばいたしますが、どうぞよろしゅうお伝えくださりませ」

と、玄関の式台に正座して丁重に頭を下げてきただけで、救助の手伝いの差配など

してくれる余裕はないようだった。

それゆえ桐野ら一行も、先ほどと同様に、避難の途中で動けなくなっている者などの救助にあたっていたのだが、避難者はとにかく次々にやってくるため、本多家の敷地内は満杯になっている。

見れば、正門から四、五間《けん》ほどの冠水場所のすぐ近くにまで、並んでいる避難者の足があった。

「これではもう、あと十人ほども参れば、いっぱいになってしまうぞ。やはり目付方《こちら》で、どこぞ『避難の者の預かり』をいたしてくれる武家なりを探さねばなるまいが……」

むろん小禄の武家にはそんな余裕はないから、大身《たいしん》の旗本家か、もしくは大名家が狙いどころとなってくる。

なかでも文句なしに余裕があるのが、左内坂上に上屋敷を構えておられる「御三家の尾張さま」で、尾張家の屋敷地の広さといったら、本多家の敷地面積の何十倍あるか判らなかった。

つまりは尾張家の敷地のごく一部、中間《ちゅうげん》部屋や足軽部屋の幾つかの棟でも開放してくれたなら、かなりな人数の避難者が収容できるに違いなかったが、これまでのところ尾張家よりのそうした申し出は皆無であった。

「この近辺で、尾張さま以外にご大身のお屋敷といえば、尾張さまのお向かいにいらっしゃるお旗本の『安藤《あんどう》さま』か、浄瑠璃坂の『水野《みずの》さま』、中根坂の『中根さま』あたりかと思われますが……」

このあたりの絵図がしっかりと頭に入っている蒔田が、横手からそう言ってきたが、桐野は首を横に振った。

「悔しいが、いずれもまあ、ご尽力はいただけまいな」

そう言ってため息をつくと、桐野は先を続けた。

「市ヶ谷中が、これだけ派手に『本多さま』『本多さま』と騒いで、避難に押しかけておると申すに、何もせず何も言わずにいるというのは、やはり皆さま、わざと気配を消しておるのさ」

「……では、『尾張さま』にお気を遣われて？」

訊いてきたのは蒔田である。

万が一にも周囲に聞かれぬようにと、蒔田はこちらに顔を寄せて小声で訊いてきたのだが、今はここにいる者たちは、雨のなか自分らのことで気持ちも頭もいっぱいであろうから、実際には耳をそばだてている者などいないに違いない。

だがそれでも、よりにもよって御三家のことではあるから、桐野も一応、声を抑えてこう言った。

「本多さまがように『目立って』目をつけられるのが、怖いのであろうよ。さもなくば、これほどの大水が出ているというのに、何の救助《たすけ》も出さずにおるなどと、地元の大身武家としては面目が立たぬであろうからな」

「まこと、さようにございましょうな……」

横手から、先に大きくうなずいてきたのは平脇のほうで、平脇は「罪」の調査で、あれこれと聞き込んでいるから、尾張家をはじめとしたこの近所の武家たちの様子が、よく判っているのであろう。

その平脇源蔵に、桐野は顔を近づけて訊ねた。

「ここらで誰ぞ、尾張さまの『覚えが良い』お方はおられぬか？」

「『覚え』でございますか？」

一瞬、意味が判らず、目を丸くしてきた平脇に、桐野は小さくうなずいて、耳打ちをした。

「尾張さまが動いてくださらねば、必定、市ヶ谷のこのあたりは誰も動かんであろうからな。どこぞ尾張家と懇意にしている旗本か何かがおれば、一《いち》か八《ばち》かで、その武家に仲立ちを頼んでみようかと思うのだ」

「さようでございますね……」

と、一気に難しい顔つきになって考え始めた平脇であったが、つと何かを思い出したらしい。目を上げて、こう言ってきた。

「武家ではございませんのですが、尾張家の江戸常駐の家臣たちが多く自分の菩提寺として出入りをしております寺なれば、すぐ近くにございます。左内坂の中程にございまして、名を『長泰寺《ちょうたいじ》』と申すのでございますが」

「寺か……」

寺や神社は『寺社《じしゃ》奉行』が率いる『寺社方』の管轄であるから、普通であれば、目付方《こちら》が直《じか》に安易に口を利くことなどできない。

目付方から正式に寺社方に願い出て、寺社方《そちら》から伝えてもらうのが通常で、たとえば桐野がどうしても直に寺の住職と話をしたければ、寺社方の役人も立ち合いの上で会談するのが本当であった。

だが今、そんな暇はない。

この雨のなか江戸城まで戻って寺社方に連絡を取り、了承を得た上で、再び市ヶ谷《ここ》に戻ってくるなどと、悠長《ゆうちょう》なことをしていたら、全身ずぶ濡れの女子供や年配者たちは完全に身体が冷えきってしまい、命を落とす者さえ出かねないのだ。

桐野は決意を固めると、平脇に向き直った。

「その寺に案内《あない》してくれ。これより行って、口利きを頼んでみる」

「いや、ですが……」

「桐野さま……」

雨に冷えて血の気の少なくなっているその顔を、さらにいっそう青くしているのは、平脇源蔵と蒔田仙四郎の二人である。

またも「桐野さま」が自分の身も顧《かえり》みずに暴走して、幕府からお咎《とが》めを受けることになるのではないかと、案じているのだ。

そんな二人に、桐野は豪気に笑顔を見せると、改めて蒔田に向き直って、こう言った。

「なれば仙四郎、あとは頼むぞ」

「心得ましてござりまする」

「うむ」

まだ少し迷いのありそうな心配顔の平脇を促して、桐野はその「長泰寺」へと向かうのだった。

八

外堀沿いの大通りから垂直に曲がって、急な左内坂を上《のぼ》っていくと、坂の半ばあたりの左手に「長泰寺」はあった。

曹洞宗《そうとうしゅう》の寺院の一つで、昔から何かと尾張家とは縁が深く、平脇の調査《しらべ》によれば、檀家の多くが尾張家に関係する武家であるらしい。

そうして天下の御三家と繋がりがあるような寺であるから、住職もさぞかし「重鎮」という風な老師なのかと思っていたら、存外に若く、おそらくは、まだ三十になるやならずというところであろうと思われた。

「拙者、江戸城《しろ》にて目付を相務めております『桐野仁之丞』と申す者にてございます。不躾《ぶしつけ》にも、かように突然おうかがいをいたしまして、まことにもって申し訳ございませぬ」

「いえ、さようなことはお気になさらずともようございますが、それよりは、お二方《ふたかた》ともそのお身体では、お寒うございましょう」

今、桐野と平脇は玄関の土間に立っているのだが、城からの役人たちが見るも無残なほどの濡《ぬ》れ鼠《ねずみ》であるため、住職は驚いたようだった。

「今、何ぞ、着替えをお持ちいたしますゆえ、どうぞ中へとお上がりになられて、ごゆるりと……」

「いや、嬉しゅうは存じますが、お気持ちだけ有難く頂戴をいたしまする。実はまだ配下の者が幾人か、町場の救助《たすけ》に水のなかを動いておりまして、追って私どもも戻りますゆえ、またどうせこの格好になりましょうかと……」

「………」

瞬間、押し黙った若い住職の顔に、何とも言えぬ表情が浮かんだ。

聞きたくないことを耳にしたという風な、どうにも居たたまれないという風な、どちらにしても、それは桐野《こちら》に悪感情を抱いたというようなものではなく、この若い住職が自身に向けて感じているものであろうと思われた。

おそらくは僧侶として、この天災の危急に町場の者たちを救えていないという事実を、情けなく、恥ずかしく思っているに違いない。

ここ市ヶ谷の左内坂には、『長泰寺』の他にも、『長龍寺《ちょうりゅうじ》』、『長延寺《ちょうえんじ》』、『宗泰院《しゅうたいいん》』などと、幾つもの寺院が集まっているのだが、それらのうちの一軒たりとも、町場の救済に動いている寺院はないのだ。

御仏に仕えて広く衆生《しゅじょう》を救わんと、日々修行を重ねている身でありながら、「尾張さまの勘気《かんき》」を怖れて、町場の難儀を救わずにいることは、どんなにか悩ましいに違いなかった。

眼前にいる若い僧侶のそんな心の揺れを見逃さずに、桐野仁之丞は、スッと相手の胸の内に分け入った。

「お力を、お貸しくだされ」

「え……？」

思いもかけず心を読まれて、住職は驚いたらしい。そのまま何も言えずに目を見開いている住職に、桐野は重ねてこう言った。

「すでに本多さまがお屋敷内では、全身濡れ鼠の者たちが引きも切らずに押しかけて、女子供や年寄りまでが屋根の下にも入れず、いいように濡れ通しになっておりまする。さすれば、どうか是非にもご尽力をたまわりたく、『寺社方』でもない『目付』の身でありながら、図々しくも、かようにしゃしゃり出ました次第で……」

「いや……。ですが、その……」

言いづらそうに口ごもった住職に、桐野は大きくうなずいて見せた。

「ご事情のほどなれば、存じ上げているつもりでござりまする。拙者とて城勤めの身、市ヶ谷《ここ》で尾張さまよりご勘気をたまわる訳にはいかないことは、重々承知でございますゆえ……」

「………………」

その通りだなどとは、むろん言える訳がない。

住職は、ただただぎゅっと口を引き結んで一言もしゃべらず、だが桐野も、やはりあきらめる訳にはいかぬゆえ、濡れた身体で土間のギリギリのところまで押しかけて話を重ねた。

「近隣のご住職の皆さま方とて、『救いたくとも救えぬ』と、どんなにかお苦しみでございましょう。ですが、そのご苦衷《くちゅう》は、おそらくは尾張さまとてご同様なのではございませんかと……」

「ご同様？」

「はい」

桐野には、自信があった。

このあたりで「お武家」といえば、それはもちろんどこの誰であろうとも「御三家の尾張さま」のお名を、まず一番にあげるだろう。だからこそ、「市ヶ谷のお殿さま」などと呼ばれて人気の高い「本多さま」が、目をつけられてしまったのだ。

だがそうして本多家を目の敵《かたき》にするあまりに、この危急に何もせず、市ヶ谷の町場の者らを見殺しにしたとなれば、今度ばかりははっきりと尾張家の名に傷がつくことになろうと思われた。

「尾張さまは『潮時《しおどき》』をお待ちなのやもしれませぬ。すでにいささか出遅れた風のあるなかで、この先どう町場の救助《たすけ》に手を貸してやればよいものかと、迷われておられるのでは……」

と、桐野が若い住職を相手に、必死の説得を続けていた時のことである。

「『桐野さま』でございますか？」

「はい。御目付の桐野さまに、危急の用がございまして……！　して、桐野さまは、こちらにおいでに？」

玄関の外のほうからこの寺の小坊主と話す蒔田仙四郎の声が聞こえてきて、とっさ桐野は、そちらのほうに大声を上げていた。

「おい、ここだ！　仙四郎！」

玄関の引き戸を開けて桐野が外へと顔を出すと、

「桐野さま！」

と、蒔田は夢中で駆け寄ってきた。

「どうした？　何ぞあったか？」

「それが、腹に子のある町場の者が、水のなか動けなくなっておりまして……」

身体が冷えて腹が痛くなっているのか、はたまたもう陣痛が始まっているものか、とにかく水のなかから上げてやらねばと、蒔田たちが両側から抱き上げるようにして、左内坂を水の溜《とこ》まっていない場所まで、必死に上ってきたそうだった。

「本多さまが屋敷は、もう人で溢れかえっておりまして、二進《にっち》も三進《さっち》もまいりませぬ。とにかくどこか屋根のある場所で休ませねばと、こちらへと運んでまいった次第でございまして……」

桐野に報告をしながらも、すでに蒔田は「この寺に受け入れてもらいたい」気持ちを全面に出していて、桐野の後ろにいる住職のほうにすがるような目を向けている。

その蒔田の意図を承知して、住職がうなずいた。

「うちは私と小坊主きりで女手がございませんから、お隣の宗泰院さんより女手を呼んでまいりましょう。医者の手配もお願いしてまいります。これ、永徳《えいとく》、奥に床《とこ》の支度を……！」

住職が「永徳」と呼んだのは、まだ十二、三と見える小坊主であるらしい。その小坊主が住職への返事もそこそこに、あわてて奥へと向かおうとしたのを止めて、横手から桐野が言い出した。

「尾張さまがところへお願いに参りましょう。尾張さまのお屋敷なれば、お女中もたんとおりましょうし、そのなかにはお産に詳しい者もおるやもしれませぬ」

「…………」

と、一瞬、考えるような顔つきになった住職が、桐野に目を上げて言ってきた。

「承知いたしました。では、尾張さまがお屋敷には、私がお願いに掛け合ってまいります」

「…………？」

驚いて目を見開いている桐野に、住職は少し笑ったようだった。

「御目付《あなた》さまのおっしゃいますよう、今がその『潮時』にてございましょう。その潮時は、当寺《こちら》とて同じこと。尾張さまが受けてくださった暁《あかつき》には、ご近所にもさっそく声をかけまして、私ども寺院のほうでも手を分けて、逃げてこられた皆さまをお預かりいたしとう存じます」

「ご住職……」

つまりは「目付がしゃしゃり出ずとも、尾張さまには寺側より声をかけるから大丈夫だ」と、そう言ってくれているらしい。

そうして実際、長泰寺の住職は、すぐに尾張家へと駆け込んで上手く話をまとめてくれて、流産の危険もあった町場の妊婦は、無事、尾張家の女中部屋に運び込まれることとなったのである。

本多家の敷地中に溢れかえっていた避難者たちも、桐野ら目付方の誘導で、次々と近所の寺院に振り分けられて、ずぶ濡れで冷えた身体をようやく乾かすことができるまでになってきた。

それでもまだ本多家の敷地には、屋根のある建物に入れずにいる避難者たちが多数残っていて、その上に、いまだぽつりぽつりと新たな避難者たちもやってくる。

そうした者たちを尾張家が大々的に預かる旨《むね》、なんと尾張家の側《がわ》から本多家へと正式に、申し出があったのである。

その報告を、桐野が長泰寺の住職から聞かされたのは、空が薄っすら明るくなり始めた時分であった。

まだ水は退《ひ》く気配を見せないが、幸いにも、雨はもう止んでいる。

尾張家が、急ぎ五百個近くも用意したという握り飯の一部が、長泰寺の小坊主の手によって、桐野らのところにも運ばれてきた。

一人二つずついただいた握り飯が、この世のものとも思えぬほどに、とんでもなく美味《うま》い。

昼に近い頃になって、ようやく少し退《ひ》きかけてきた水にホッとして、桐野らはとりあえずの報告をいたすべく、城へと向かったのだった。

九

この「天災」とも呼べるような大雨は、くだんの市ヶ谷ばかりではなく、江戸市中の低地になったあちこちに水の被害を出していた。

なかでも甚大な被害となったのは、大川《おおかわ》（墨田川《すみだがわ》）を越えた向こう岸の、本所《ほんじょ》や深《ふか》川《がわ》の一帯である。

それというのも本所や深川の町は、江戸が幕府のお膝元としてどんどん盛況になっていく過程で、爆発的に増えた江戸の人口に合わせて、海を埋め立てて造った土地なのだ。

あとから造った土地であるから、最初のうちは人が大勢住んでいた訳ではなくて、そのためやはりどうしても、すでに住人の多い地域のほうを優先することになる。

たとえば大川の堤防なども、本所や深川のある東岸の側より、浅草《あさくさ》や浜町《はまちょう》、日本《にほん》橋《ばし》といった西岸側の堤防のほうが少しだけ高く造られており、大川がいよいよ氾濫した際には、必ず本所や深川の側が水浸しになっていた。

それはむろん、幕府としても承知している事実であるから、南北の『町奉行』たちが率いる町方《まちかた》は、こたびのように大雨が降ったりすると、まずはどこより本所や深川を心配して、被害を最小限にとどめようとする。

今回も町方は、洪水が広範囲に渡ってしまった本所や深川方面の救済に手いっぱいで、水が出たその日のうちに市ヶ谷のほうにまでまわってくることができなかったのである。

雨が止んだ翌日の、それも夕方近くになって、初めて町方の役人たちが市ヶ谷にも視察に来たのだが、その頃にはすでに被災した者たちは、本多家や尾張家、長泰寺や長龍寺、長延寺に宗泰院といったところに分散して預けられており、曲がりなりにも食べることも寝ることもできる状態にまでなっていたのであった。

なかでも、やはり尾張家のなされることは、他とは規模が違うため、万事に派手である。

炊き出しも、自家が預かっている被災者の分だけではなく、長泰寺などの寺々や、本多家の分まで用意して、その都度《つど》配ってくれていて、寺々はもちろん、本多家でも

「尾張さまが炊き出しを負担してくださる」ことが、本当に有難かった。

その正直な気持ちは、自然、尾張家にも、そのままに伝わるものである。

これまでは本多家を、目の上の瘤《こぶ》のように煙たく思っていたのだが、今回は本多家がただの一介の旗本として、尾張家のご慈悲に大いに甘える形となったため、尾張家としては、もう「本多」を格別にどうとも思わなくなっていた。

それは程なく御用部屋の上つ方にも、そのままに伝わったのかもしれない。

くだんの洪水騒ぎが落ち着いて、市ヶ谷の町場の者たちが、ようやく一人また一人と、自分の家に帰っていくようになった頃、再び御用部屋の老中方から、目付筆頭の十左衛門に向けて呼び出しがかかった。

呼び出しの内容は、

「こたびの市ヶ谷の被災において、格別な働きをいたした目付の桐野仁之丞と、小人目付の平脇源蔵、蒔田仙四郎のほか数名の者たちに、褒美《ほうび》を取らせる」

というものであった。

その上で、桐野らが「功」「罪」に分けて調べていた『本多幡三郎寛惟』の身辺調査については、

「本多幡三郎については、こたびの目覚ましい働きにより、文句なく新規の『大番

頭』として取り立てることが決まったゆえ、もう調査も報告もせんでよい」

とのことだった。

つまりは「功罪のくじ」まで使うようにと指示をされたこの一件の調査は、報告の機会ももらえぬままに、立ち消えとなったのである。

御用部屋から戻ってきた「ご筆頭」から、その一連の話を聞かされた桐野仁之丞は、さんざんに苦労をさせた平脇と蒔田の二人にどう伝えればよいものかと、頭を痛めるのだった。

十

「え？　なれば、もう、報告は要《い》らぬというのでございますか？」

桐野を相手にそう訊き返してきたのは、蒔田仙四郎のほうである。

「ああ、そうらしい。本多さまが大番頭に上がられることは、こたびの格別なお働きによって本決まりとなったゆえ、もう『功』についても『罪』についても、聞く必要はないということだ」

「…………」

「…………」

あまりのことに、二人はともに黙り込んでしまっている。

今、桐野は二人を下部屋に呼び出して、話し始めたところであったが、めずらしくいつもは感情を顔に出さない平脇までが、ずいぶんと落胆しているようである。

対して、蒔田仙四郎は、正直に少しふくれた声を出してきた。

「尾張さまのお気持ちが平《たい》らかになられたからではございましょうが、さようなことで『功』だ『罪』だといわれましては、私ども目付方の調査《しらべ》は立ち行かなくなりまする」

そう言葉にしているうちに、さらに腹が立ってきたのであろう。桐野も平脇も黙って聞いているのをいいことに、蒔田は重ねて憤然と言ってきた。

「もとより『功罪のくじ』など引きませんでも、調べるうちに『善いものは善い』『悪いものは悪い』と、一つのものに善悪・功罪が入り交ぜになっておるようなれば、それぞれにきちんと分けてご報告いたしております。目付方の信条にてございます公正公平などというものは、そうしたものでございましょうて」

「さようさな……」

蒔田のめずらしい剣幕《けんまく》にいささか気圧《けお》されながらも、ようやくに桐野が相槌《あいづち》を打つと、蒔田の怒り具合にかえって平脇は冷静になれたか、こんなことを言い出した。

「これまでの調査の手間暇を、まるで関係のない『褒美』で買い叩かれたようなのが、気に入らんのであろう？　したがまあ、お互いに、あきらめるしかあるまい」

そう言って、平脇は力なく笑っている。

そんな平脇と蒔田を労《ねぎら》ってポンポンと二人の肩を叩いてやると、桐野は自分をも納得させるように言い出した。

「したが、もし、この大水がなかったら、私などは、今頃どうなっておったか判らんからな」

「桐野さま……」

とたんに案じ顔になったのは、平脇源蔵である。

「では桐野さま、もしもあのまま『功』『罪』のご報告をせねばならない流れになっておりましたら、尾張さまがことについてを御用部屋の皆さまに……？」

「さよう。たとえ御三家が『お気に召さない』ということであっても、本多さまには何らの落ち度も罪《ざい》もないゆえ、さようはっきりと申し上げるつもりであったのさ」

「………！」

と、今度は、横で蒔田が目を丸くした。

「いや……。なれば、危ないところでございましたな……」

「まあな」

桐野は明るく笑って見せると、ざっくばらんに、こう言った。

「いざともなれば、引き下がるつもりはないが、本音を申せば、まだ『目付』を辞めとうはないからな」

「『目付』どころか、下手《へた》をいたせば『桐野家《おいえ》』自体が吹き飛びまする。桐野さま、どうかもう、万事ご無理はなさらずに……」

「いや。目付をする以上、仕方あるまい。第一、そこが何より、この職の面白いところであろうさ」

「桐野さま……」

平脇は、横で小さくため息をついていた。

実は十人いる「御目付さま方」のなかでも、平脇《じぶん》はこの桐野さまを「一番に」といっていいほどに、好ましく思っているのである。

他人《ひと》の話の奥底や裏側が何なく読めるだけではなく、その読みように一点の偏屈《まがり》もなく、いつでも真っ直ぐ順当に人や物事をとらえようとするお方である。

その少し怖いほどに真っ直ぐなところは、「桐野さま」の外見の特徴である、少年のごとき爽やかさに、ぴたりとくるものだった。

今も「桐野さま」は、自分を心配する平脇《こちら》の心情を、素直に喜んでくれているようである。

そうして、つと話の方向を変えて、こんなことを言い出した。

「おう、そうそう、そういえば、あの際の腹の子供は、無事に生まれたそうだぞ」

「え？　では、尾張さまがところで？」

すぐに話に喰いついてきた蒔田に、

「さよう」

と、桐野仁之丞はうなずいて見せた。

「昨日ちと長泰寺に使いを出して、訊いてまいったのだ。何でもあのあと一時期は、身体が芯から冷えきってしまったせいで、子が流れてしまうのではないかと案じられたそうでな。尾張さまがお屋敷のお女中方が、皆でこぞって世話を焼いてくれていたらしい」

「さようでございましたか……」

あの雨の、冷たい水のなかを思い出しているのかもしれない。蒔田は何だか寒そうに、少し肩をすくめていた。

「いやまこと、あの者を水のなかで見つけた時には、ぞっといたしました。おぶってやろうにも、あの腹では、おぶうこともできませぬし、皆でなるだけ水から上げるようにして坂まで運んだのでございますが、水で足元は見えませず、手は滑って、取り落としそうになりますして、生きた心地がいたしませんで……」

「いや、さようであろう。あの急坂を、よく運んできたものだと思うたぞ」

「はい、まことに……」

「したが、皆が揃うて助かって良かったな……。あの腹の子も無事だったというのだから、あれだけの大水で、死人《しびと》は一人も出なかったということだ」

「はい。ほんとにようございました……」

横手から、しみじみと言ってきたのは平脇のほうで、それっきり三人は三様に、あのひたすら寒かった夜のことを思い出していた。

実はまだ決まったことではないものだから、今ここでは口には出さずにいるのだが、桐野は「ご筆頭」と相談の上で、市ヶ谷の町の治水について、町方へと意見書を出してあった。

今回ああして市ヶ谷の大通りに水が溜まってしまった一番の理由は、高台から流れ集まってくる雨水が、外堀へと上手く逃げていかないからである。

堀に水が落ちていかない理由は明白で、外堀の土手の緑地に、本来は正式に幕府が許可した訳ではない床見世《とこみせ》が、ずらりと建ち並んでしまっているからだった。

床見世というのは、屋台に毛の生《は》えたような、小屋がけの店のことである。

普通の商店のように人が住める座敷などはないから、店の持ち主は、朝どこからか通ってきて店開きをし、夜になったり、風雨がひどかったりすると、店を戸板や縄で囲って中途半端な形に片付けて、自分の住処《すみか》に帰っていってしまうのだ。

むろん、そうした床見世を「すべて無くせ」といっている訳ではない。

だが今回のように大雨が降り続いた場合に、ああして床上にまで水が溜まってしまうことのないように、堀土手の床見世を間引いて減らすべきなのだ。

その提言を、桐野は「ご筆頭」と連名で、町奉行所に提出しておいたのであった。

けだし、こうしたことは、やはり簡単には進まない。

そうでなくとも今回、平脇と蒔田の二人は、むだに「功罪くじ」に振りまわされて虚《むな》しい思いをしているから、これ以上、二人をがっかりさせないよう、床見世の間引きが正式に決まるまで、桐野は黙っているつもりなのだ。

「して、桐野さま。くだんの赤子は、どちらにてございましたのですか？」

突然、蒔田にそう訊かれて、桐野は一瞬、頭が切り替わらずに、目を丸くした。

「ん？」

「あの腹の子でございますよ。男子《おのこ》だったのでございますか？　それとも女子《おなご》でございましょうか？」

「ああ、いや……。どちらだったかな？　たしか桐野家《うち》の若党が、どちらか言っていたような気もするが、忘れてしもうた」

「さようにございますか……」

存外に、助けてやったあの母子のことが気になっているのだろう。桐野に「忘れた」と言われて、蒔田はがっかりしているようである。

「いや、仙四郎。今晩、戻ったら訊いておくゆえ、勘弁してくれ」

わざと剽軽《ひょうきん》にそう言って、桐野は笑っている。

そんな少年のような顔をした「桐野さま」を、やはり平脇は好ましく見つめるのだった。

第二話　妻女の私財《かね》

一

その日、目付の稲葉徹太郎兼道《いなばてつたろうかねみち》は、めずらしく、半日ほどの非番《ひばん》をもらい、墓参りに菩提寺《ぼだいじ》を訪れていた。

稲葉家の菩提寺は、六本木《ろっぽんぎ》にある浄圓寺《じょうえんじ》という寺である。

先祖代々引き継いでいるこの墓には、すでに稲葉の両親も眠っていて、その父や母の命日に墓参りができればよいのだが、目付の職は年中無休で「非番の日」というものがなく、とにかく御用繁多《ごようはんた》であるため、たとえ半日であっても自分の用事に合わせて休みを取ることなど、ほとんどできない。

それでも今日はめずらしく、昼過ぎから半日だけだが仕事を抜けることができたので、三ヶ月《みつき》以上も遅れた母親の命日の墓参にやってきたという訳だった。

三ヶ月前の本当の祥月命日《しょうつきめいにち》には、妻が家臣や女中たちを連れて、きちんと墓参に来てくれていて、寺の住職にも頼んでお経もあげてもらったそうである。

母親は五年前、父親は二年前に、それぞれ病《やまい》で亡くなってしまったのだが、その稲葉の母親や父親の看病を、当時、妻は女中や家臣に任せずに自分自身でこなしていて、病人である両親たちも、それを望んで喜んでいたようだった。

病を得る以前から、両親は嫁である稲葉の妻女を気に入っていて、自分たちに娘がない分、本当の娘のように可愛《かわい》がり、また逆に甘えてもいたのである。

そんな舅《しゅうと》や姑《しゅうとめ》の気持ちは、自然、稲葉の妻女にも伝わって、妻女のほうでも心《しん》から懐《なつ》いていたものだから、稲葉は自分が城勤めで忙しく、家を空けることが多い日々を送っていても、何の心配もせずに済んでいたのだ。

だがそんな稲葉家にも一つだけ、「懸案」といえる事柄があった。稲葉と妻女との間に、子が生まれないのである。

稲葉が二十二歳、妻女の「伊都《いと》」が十八歳の年に二人は夫婦《めおと》となったのだが、それから十四年が経つというのに、いっこうに子ができないのだ。

後継《あとつ》ぎの子供が生まれないという事実は、武家にとっては家の存続に関わる重大事であるため、二年前に隠居の父親が亡くなって以来、稲葉家の分家筋にあたる親類縁者が、ああだこうだとうるさく意見してくるようになっていた。

「側室を持って、子を作れ」だの、「早く養子を決めろ」だの、果ては「いっそ伊都どのを離縁して、他家から若い娘を嫁にもらったほうがいい」だのと、稲葉や妻女が嫌な思いをすることが、次第に増えてきたのである。

そんなあれやこれやを、つい父母の墓前で考えながら、稲葉が手を合わせていると、遠くから突然、大きな水音が聞こえてきた。

いかにも何か大きなものが、水のなかに落ちたという風な音である。

この寺の境内の奥に、そこそこ大きな溜池があるのを思い出して、稲葉は嫌な予感に顔つきを険しくしながら、池の様子を確かめに駆け出した。

果たして予感は的中し、池のなかでバシャバシャと、武家らしき男が一人、溺れて暴れている。

よく見れば、池の底の泥土が掻きまわされて水がドロドロになっているから、さして深くはないのかもしれない。だがその分、泥に足を取られているのか、上手《うま》く泳げないようだった。

「僭越《せんえつ》ながら、お助けいたす！　いま少し、ご辛抱《しんぼう》なされよ！」

そう男に声をかけると、稲葉は脇差を抜き払って、すぐそこに生《は》えている蔓《つる》状の枝を、できるだけ長く切り取った。

そうして男の手元に届くよう、自分も池の端《はた》へと向かっていったが、「池」といってもこの池は整備されたものではなく、山中にあるような池だから、周囲には草木が鬱蒼《うっそう》と生い茂っているのである。

その雑草を踏み分けながらようやく池の岸まで下りてきたが、案《あん》の定《じょう》、足元が草で滑って、男を引っ張り上げてやろうにも、踏ん張りどころがない。このままでは蔓を投げてやったところで、自分もともに池に引っ張り込まれるに違いなかった。

稲葉は袴《はかま》の下で締めている着物の帯をほどいて抜き取ると、岸に生えている木々のなかから男に一番近いものを選んで、その木の幹に帯の一端を結びつけた。そうして残る片端を自分の腹に固く結びつけると、釣り糸を投げるように、男に向かって蔓状の枝を放った。

「野藤《のふじ》の蔓でござる！　細う見えても、野藤は頑丈でござるゆえ、安堵《あんど》しておつかまりくだされ！」

「…………！」

今の稲葉の声かけで、ようやくこちらの存在に気づいたのかもしれない。野藤の蔓はいま一つのところで長さが足らず、十分には届かないのだが、男は自分でも手を伸ばして、必死に蔓に近づこうとしているようだった。

「いま少し、いま少しでござるぞ！　お気張りなされ！」

「……うっ！」

と、男がようやくに、野藤の蔓を片手でつかんだ。

「おう！　なれば、これより引き揚げまする！　両の手で、しっかとおつかまりくだされよ！」

だがここからが、稲葉にとっては試練であった。

野藤の蔓に全体重を乗せてくるだけならよいのだが、男は無駄にじたばたと泥水のなかで暴れ続けているために、引き揚げる側にとっては、よけいに負担がかかってくるのだ。

「落ち着かれよ！　慌てずとも大丈夫でござるゆえ、落ち着かれよ！」

「…………！」

だが男は、とにかく早く上がろうともがき続けて、いっこう稲葉《こちら》の言うことを聞かない。

蔓が手の内から滑ってしまわぬように、稲葉は蔓の端を手に巻きつけて引っ張っているのだが、足元は草で滑って踏ん張りが利かぬし、木の幹と腹とを繋いだ帯のほうも、もうすでに限界まで張りつめてしまっていた。

こんなことなら、寺の外で待たせてある自家の家臣たちを呼んでくればよかったと後悔したが、今さらこの蔓を放してしまう訳にはいかない。

今にもこちらが身体ごと池のなかへと引きずり込まれてしまいそうで、稲葉は腰を落として地べたに座る体勢をとると、踵《かかと》で地面を押し返して、一歩ずつ、一歩ずつ、満身の力を振り絞って、蔓を引いて後ろに下がっていった。

「うっ……！　ぷはっ……」

やっと男が池の岸に手をかけた時には、稲葉《こちら》は疲労困憊であった。

そうはいっても、男も自力で岸に上ることはできないようだから、必死で力を振り絞って引き揚げてやったのだが、なぜか男は礼も言わない。

泥だらけの身体で、ただただ地面にへたり込んでいるだけで、いつまで経っても礼も言わず、名も言わずにいるため、稲葉もさすがに待ちきれなくなって、こちらから訊いてみた。

「差し出がましいようではござるが、何ゆえ池に入られた？」

絶妙に言葉を選んではいるが、要は「入水《じゅすい》」を疑っているのである。

それというのもこの池は境内のかなり奥まった場所にあり、人が歩けるように整備した道からは、生い茂ったままになっている草木を踏みつけて立ち入らなければ、池の端に近づくことはできないのだ。

つまりは男が自分で草木に分け入って、池に近づいたということである。ごく普通に考えれば、自害するつもりで池の端までわざわざ下りたと見るのが当たり前であろうと思われた。

「何ぞこの池に所用があったゆえ、わざわざ草を分けて下りて来られたのでござろう？　こう申しては何だが、やはり『入水』を……？」

「違う！」

これまでずっと黙秘《だんまり》を続けていた男が、急に顔を怒らせて、激しく言葉を重ねてきた。

「違う！」

「いや、ですが……」

「違うと言ったら、違うのだ！　よけいな詮索はやめろ！」

バッと男は立ち上がると、そのまま逃げるように歩き出した。

人が普通に通る場所まで戻るには、生い茂った草地を行かねばならない。さっき稲葉も通ったが、人が一回や二回通っただけでは通り跡などつかないようで、男は泥だらけの格好のまま、乱暴に草を踏み分けて去っていった。

一人、残されたのは稲葉徹太郎で、こちらも尻だの胸だの腕だのと、あちこちに泥のついた格好である。

溺れていたから助けてやって、結句《けっく》こちらまでが泥まみれになったというのに感謝もされずで、腹が立たない訳ではなかったが、それよりは男が着流しの姿ではなく、ちゃんと袴を身に着けていたことが気になっている。

江戸の市中を歩いている武家の男で、着流しではなく、きちんと袴も着けているとなると、それは「幕臣」である可能性が高い。

むろん江戸には、諸藩から参勤交代でやってきた陪臣《ばいしん》の侍たちも少なくないし、浪人者が着流しではなく、ちゃんと袴を着けていることだってあろうから、「袴姿であれば、幕臣」と断言できる訳ではない。

だがもしあの男が幕臣で、本当に入水するつもりで池に飛び込んだのであったら、目付方としては放っておく訳にはいかない。別のどこかで再び自害を試みるかもしれないし、何より自害しようとする理由に、何ぞ重大な事件や問題が隠されているようなら、しかるべく対処をしなければならなかった。

稲葉は急いで自分も池を後にすると、男を尾行させるべく、寺の前に待たせてある自分の家臣たちのもとへと駆けつけた。

「やっ、殿！　どうなされたのでございますか！」

主君が泥まみれなことに驚いて、家臣たちが駆け寄ってくる。

その家臣たちに向かい、稲葉は急ぎ、命じて言った。

「今、寺から泥だらけの武家の男が出てきたであろう？　あの者が、これよりどこに行くものか、あとを尾行《つ》けて見定めてくれ！」

「心得ましてござりまする」

目付の家の家臣たちだから、こうしたこともまるでない訳ではない。

十名ほどいる供揃えのうちから、若党が一人と中間《ちゅうげん》が二人、急いで男の消えたほうへと駆け出し始めた。

「気をつけてまいれよ。頼む」

「ははっ」

若党ら三人の後ろ姿を見送ると、稲葉は寺のどこかを借りて泥まみれの着衣を着替えるべく、残りの家臣たちを連れて境内へと戻っていくのだった。

二

若党ら三人が稲葉家の屋敷に戻ってきたのは、もうすっかり日が暮れてからのことであった。

その三人を労《いた》わって、まずは夕飯を先に食べさせてやると、夕食後、稲葉は自分の居間に使っている奥座敷に若党を呼び寄せて、報告を受けることとなった。

「えっ、なればあの泥だらけの格好で、神田まで帰ったというのか？」

「はい」

「…………」

さすがにいささか驚いて、稲葉はしばし絶句していた。

浄圓寺のある六本木から神田までは、ずいぶんな道のりである。

若党の話によれば、男は六本木から赤坂《あかさか》の溜池《ためいけ》に出ると、そこからは江戸城の外堀沿いの大通りをぐるりと半周した形で、神田の町場まで出たそうだった。

「自分でも人目《ひとめ》は気になっておりましたらしく、途中、幾度か道の途中で『辻駕籠《つじかご》』を拾おうとしておりましたのですが、やはりあの泥を嫌われてか、断られておりましたようで……」

辻駕籠というのは、町の通りの辻などで、客に声をかけられるのを待っている町《まち》駕籠のことである。辻駕籠がいるような場所は、概《がい》して人通りの多い町場ばかりであるから、さぞかし道行く人々に、あの格好をギョッとされたことだろう。

辻駕籠は簡易な造りゆえ、乗っている人間《もの》は丸見えになるが、それでも泥だらけの身で歩くよりは、なんぼか目立たないに違いない。

とはいえ、あの全身、泥まみれの姿では、駕籠かきが乗せたがらないのも無理はなかった。

「まあたしかに、あれでは断られような」

「はい……。ちと気の毒なようでもございましたが、全部で四度ほど声をかけて断られ、そのたびに怒って、駕籠かきたちに毒づいておりました」

「さようか……」

たしかにまあ、池から助けてやった稲葉《こちら》にさえあの態度だったのだから、客であるのに男を拒否してきた駕籠かきたちには、どんなにか毒づいたことであろうと思われた。

「して、神田のどのあたりに帰ったのだ？」

「神田の三河町《みかわちょう》にてござりまする。三河町の裏手の路地に、古手の仕舞屋《しもたや》がございまして、そのなかに手慣れた様子で入っていきまして……」

仕舞屋というのは、いかにも以前は何かの店をやっていて、その後、商売をたたんだが、建物だけはそのままの形で使われている家屋のことである。

その仕舞屋に入って小半刻《こはんとき》（約三十分）と経たないうちに、全身まるまる着替えをすませてきたあの男が、またも一人で外に出てきたという。

「出ると、また今来た道をずんずんと戻りまして、赤坂《あかさか》の溜池《ためいけ》に出、その先の赤坂の武家地のうちの一軒の武家屋敷に入っていきました」

またすぐに外に出てきて、どこかに行くことがあるやもしれないと、若党ら三人は念のため、そのまま一刻近くもずっと見張っていたそうなのだが、男はおろか誰一人としてその屋敷から出ては来ない。

若党ら三人は、「おそらくここが、あの男の自邸なのであろう」とそう踏んで、稲葉家に帰ってきたということだった。

「赤坂か……。なれば、あの男、『幕臣』だな」

「はい。近場に辻番所《つじばんしょ》がございましたので、そこにてあの屋敷の持ち主は誰か、教えてもらおうかとも思いましたが、こちらがそうして訊ねたことが、辻番の番人から男の耳に入っては不都合かとも思いまして、訊かずにそのまま帰ってまいりました」

「いや、でかした。よう上手く判断してくれた。明日にでも、目付方の者らを同行して、その屋敷と神田の仕舞屋とを見にまいるゆえ、その際は道案内を頼むぞ」

「心得ましてございまする」

こうして結句、池で助けたあの男の一件は、目付方の取り扱う案件《もの》として、正式に調査の対象となったのだった。

三

今回の案件で稲葉が手下として選んだ配下は、徒目付《かちめつけ》の本間柊次郎《ほんまとうじろう》を中心とした幾人かであった。

やはり目付方配下の者らの調査《しらべ》は早い。稲葉が池で男を助けた翌々日には、赤坂の武家屋敷に帰ったあの男の身元は割れていた。

「『石川亮一郎《いしかわすけいちろう》』と申す、家禄三百石の『小普請《こぶしん》』だそうにてございまする」

小普請というのは正式には『小普請組』といって、家禄三千石以下の旗本や御家人が「無役《むやく》」になった際に、区分して入れられる無役組のことである。

無役ゆえ何の役にも立たないというのに、幕府から家禄としていわば「給与」をいただいてしまっているため、幕府の諸施設を修理修繕する際の手伝い金として、それぞれ禄高によって定められた額の『小普請金』を幕府に上納していた。

「小普請の旗本か……。あれが本当《まこと》に自害のし損ないであったとしたら、面倒な案件《もの》になるやもしれぬな」

「はい……」

今、稲葉と本間は目付方の下《した》部屋にいて、余人を入れずに話している。報告の先を続けて、本間は言った。

「石川の妻子についてでございますが、『光枝《みつえ》』と申すその妻女は、家禄五百五十石の旗本家より三年前に輿《こし》入《い》れいたしておりまして、いまだ子は男児も女児も、生まれてないようにてございます。また先代の石川家の隠居でございますが……」

「…………」

と、前でやおら考え込むような顔つきになった「稲葉さま」の様子に、本間は報告の続きをやめて、こう訊いた。

「やはり『妻女が、五百五十石もの格上から嫁入っている』というのが、気になられましょうか？」

「うむ……。まあたしかに『嫁の実家のほうが、家格が上』というのは、よくある話ではあろうが……」

そうはいっても、五百五十石もの旗本家が、三百石の、それも「無役」の男のもとに自分の娘を嫁に出すというのは、なかなか思いきりのいることであろう。

「何ぞそのあたりに、夫の石川が自害を考えそうな要因《ものごと》はありそうか？」

「相すみません。まだそこまでの調査《しらべ》はついてはおりませんのですが……」

本間は小さく頭を下げると、先を続けた。

「ただ、何ゆえ妻女が五百五十石から嫁入ったのか、その理由《わけ》については、おおよそ見当がつきました。何でも石川の妻女は背が高く、五尺三寸（百六十センチ強）ほどもあるそうにてござりまする」

「いや、そうであったか……」

五尺三寸といえば、男としても背の低いほうではない。

「なれば、そのあたりもあって、三百石に嫁いだのやもしれぬな」

「はい。私も一度ちらりと目にしただけにてございますが、やはりちと背には驚きましたので……。けだし『器量』と申しましょうか、顔立ちのほどは、ごく良いように見受けました」

「さようか……」

稲葉はうなずいて見せると、さっき本間が言いかけた報告の先を促した。

「して、石川家の『隠居』のほうはどうだ？」

「はい。先代にあたる父親は、卒中《そっちゅう》（脳溢血《のういっけつ》）で十余年も前に亡《の》うなっておりまして、母親がほうは『病《やまい》が何か』は判りませぬが、ここ幾年か前よりの長患《ながわずら》いで、寝ついているそうにてござりまする」

「誰がみているようだ？」

「え？　あの……」

本間はすぐには、意味が判らずにいるようだった。

「ああ、いやすまぬ。言葉が足りんかったな。その母親の面倒を、一体、誰が看ておるのかと、ちと心配になってな」

「まことにございますね……。縦《よ》し石川が本当に自害などいたせば、後継ぎのない武《い》家《え》のこと、当然、取り潰しになりましょうし……」

「うむ……」

と、稲葉はうなずいて見せてはいたが、実際に気になっていたのは、そんなことではない。

自家である稲葉家に「後継ぎの子供のないこと」や、「先代夫婦が病で寝ついていること」など、かなり似ている石川家の現状が重なって、自分の妻の伊都と同様、石川の妻女が長患いの姑の面倒を甲斐甲斐《かいがい》しく看ているのかもしれないと、つとそう思っただけなのだ。

だが今これは、あくまでも目付方の案件《しごと》であり、「自分の私情を挟むなど、言語道断であった」と、内心で、稲葉は反省していた。

「石川の家の事情については、おおよそのところ判ったが、石川亮一郎が赤坂の自邸に帰る前に立ち寄った三河町の町家は、一体、何だったのだ？」

気を取り直した稲葉が、話を進めて訊ねると、

「それが……」

と、本間は、今度は煮えきらない表情になった。

「実はどうにも、よう判らないのでございます。あの仕舞屋は貸し家だそうにございまして、家主から直に話を聞いてまいったのでございますが、借りているのは他でもない石川でございますのに、実際に家賃を払いに参ります者は、町人の手代だそうにございまして」

「手代？　では、どこぞの店《たな》の奉公人ということか？」

「はい……」

調査の対象である石川亮一郎に、目付方《こちら》が動いていることを知られぬよう、本間は「裏手の通りにある安い貸し家」を探している町人のふりをして、あの近辺の者たちから、くだんの仕舞屋の持ち主を訊き出したそうだった。

そうして直に家主に会って、「自分はある大店《おおだな》の番頭の一人なのだが、実は主人が妾《めかけ》を住まわせる場所をこのあたりに探しているので、是非にもあの貸し家を買わせていただきたい」と散々に粘って、「もし何なら今の借り手のお方にも、それ相応に、お礼もさせていただきますので……」と、とうとう借り手が石川当人だということや、金の払い手が別の者だということを聞き出したのだという。

「けだしその払い手が、『どこの何という店の、何という名の手代なのか』ということは、家主にも判らぬそうにてございまして……」

「え？　毎度、家賃を受け取っておるのであろうに、肝心の『家賃《かね》の払い手』がどこの誰だか判らぬと申すのか？」

「はい……」

実際に家賃を払いに来る手代の話では、何でもその大店の主人が、「以前、お旗本の石川さまには大変にお世話になった」そうで、「その恩返しとして、家賃を払わせていただいているだけだから、店の名や主人《わたし》の名については勘弁《かんべん》していただきたい」と、そう言っているらしい。

「つまりは、その大店の主人というのと石川亮一郎が、どういう関わりを持っておるのかについては、家主も知らぬということか……」

「はい。まずは『家賃の支払いに参ります手代』という者《の》を見つけまして、あとを尾行《つ》けねばなりませぬので、家主が自宅《いえ》には今も見張りを幾人か、つけてはおりますのですが……」

手代風に見える町人が訪ねてきたら、すべて尾行して、「どこの何という店」に入るか、必ず見届けてくるよう指示はしてあるそうなのだが、今のところ、それらしい動きは皆無であるそうだった。

「あの泥だらけを着替えるために、六本木からわざわざ神田まで出向いていったというのだから、たしかに石川の家ではあるのであろうが……」

「はい。そも着替えが置いてあったということは、あの町家、やはり石川が妾でも囲っているのでございましょうか」

「どうだ？　それらしき女の出入りはあるようか？」

「いえ。今のところ、女の出入りはまったくございませんのですが」

「そうか……」

話を止めて、稲葉は沈思し始めた。

普通であれば「無役の三百石の幕臣」に、いくら自分の妾を囲うためとはいえ、町場に一軒、家を借りてやるなどという余裕があるはずはない。

三百石の旗本といえば、江戸城《しろ》の行事や式典などで登城する際には、最低でも三、四人の供《とも》を連れ、当主は馬にも乗らなければならない。

その供揃《ぞろ》えの中間や馬などは、登城のたびごとにどこかから借りるとしても、三百石の幕臣として最低限保たねばならない体面というものはあるから、幕府や他家との外交をこなす用人や若党を一、二名と、他にも中間や下男の二人ぐらいは雇っておかねばならないのだ。

だが本間が訊き込んできた通り、もし本当に石川を「恩人」と慕っている大商人がいて、あの家の家賃のほかにも、妾に払う月々の給金や生活費まで面倒みてくれているというのなら、話は別である。

第一、仮にあの仕舞屋が「妾宅《しょうたく》」ではなかったとしても、家賃を払わなくてもよい町家を一軒、石川が自由に使っているのは確かなことで、いずれにしてもその大店の主人と石川との間には、何ぞか普通ではない繋がりがあるに違いなかった。

「おまけにああして石川が、おそらくは自害のために池に飛び込んでおるのだから、これはもう胡散臭《うさんくさ》いこと、この上もないな」

「はい。まことに……」

池での人助けから始まったこの一件、調べれば調べるほどに、先が見えなくなってくるようである。

こちらまで泥だらけになりながら助けてやったあの時の、あの「石川」という男の可愛げのなさが改めて思い出されて、稲葉は小さくため息をつくのだった。

四

稲葉が本間と相談の上で配下を振り分けて、赤坂にある石川の屋敷と、神田三河町のあの仕舞屋、その持ち主である家主の自宅の三ヶ所の見張りを始めて、十日近くが経とうとしていた。

石川の屋敷には、さすがにそこそこ奉公人などの出入りはあるものの、あとは石川自身が若党らしき侍と中間を一人ずつ、供の家臣として引き連れて外出するばかりで、その石川の行く先も、結局は「神田三河町のあの仕舞屋」一点である。

その間というもの石川は、毎日、早朝に屋敷を出て、朝五ツ（午前八時頃）過ぎには仕舞屋に入り、そのまま夕方の七ツ（午後四時頃）過ぎまで、屋内《なか》に入ったままである。

そういうと、まるで本当に「妾宅」で妾とゆっくり逢瀬を重ねているようにも思えるが、仕舞屋には、いっさい女人の出入りはない。女人どころか、毎朝通ってくる石川や家臣のほかには、誰一人として訪ねてくる者などいなかった。

そんな進展のない見張りの毎日が、十日近くも続いたある日のことだった。

昼前頃から一人また一人と、町人たちが仕舞屋を訪ねてきては、なかに入って幾らもしないうちに、すぐに帰ってしまうという現象が、突然に始まったのである。

訪ねてくる者たちは、男女も老若もバラバラである。

いかにもどこかの「長屋住まいの女房」と見える四十がらみの女が訪ねてきたり、「これは大工か、左官であろう」と見える職人風の男が来たり、「商家の隠居」風の老人や、果ては商売ものの野菜を天秤棒で担いだ「振り売りの八百屋」が立ち寄ったりと、さまざまに町人たちが、つとあの仕舞屋へ入っていっては、すぐに外へと出てくるのだ。

そんな訪問者たちが昼前から数えて十七、八人、そろそろいつも石川が帰る夕方の七ツ刻《どき》に近づこうという時分のこと、本間は自分が例の「商家の手代」風に姿形を造っているのを利用して、仕舞屋から出てきた商家の女房と見える中年女に、思いきって声をかけた。

「もし、そこのお内儀《ないぎ》さま。相すいません。ちとお訊ねをいたしましてもよろしゅうございましょうか？」

日頃からあれやこれやに化けては、いろいろな身分の者に訊き込みをかけている本間柊次郎の演技は、なかなかのものである。

おまけに本間は元来が、すらりと背の高い外見《みば》の良い男で、今年で二十六歳という男盛りの年まわりも相俟《あいま》って、本当に「どこぞの大店の手代」のように上品に仕上がっているのだ。

そんな本間柊次郎に声をかけられて、女のほうも悪い気はせぬようだった。

「はい。何でございましょう？　私で判ることなら……」

「ご親切に、お有難うございます。実は私、ちと主人《あるじ》に言いつかりまして、お旗本の石川さまにお会いをせねばならないのでございますが、石川さまは、あの、仕舞屋《こちら》で……」

「ああ、それなら……」

と、女は即座に反応してきた。

「石川さまの『御助け講《おたすこう》』なら、こちらでございますよ。けどまあ、やっぱり、あなたのような大店のお人も、本当にこちらに来るんでございますねえ」

そう言って、女は改めてしげしげと、手代姿の本間柊次郎を眺めやった。

「……で、やっぱり、ご主人さまのお言いつけとおっしゃるのだから、私ら貧乏人とは違って、講のお金も大金を預けなさるんでございましょう？」

「いや、その……」

「あらやだ、ごめんなさい。私ってば、つい根掘り葉掘りで……。お店《たな》の御用《ごよう》ですものねえ。赤の他人に話せるもんじゃないわよねえ」

「相すいません……。有難うございます」

何が何やら、まだいま一つ事情は判らないが、こうした際には、あえて肯定も否定もせずに、素直に謝《あやま》ったり、礼を言ったりしておくのが、まずは無難というものなのである。

本間はいかにも大店の勤め人らしく、女がその場から立ち去るのをていねいに最後まで見送ると、その後はもちろん石川のいる仕舞屋には入らずに、自分と同様、見張りについている小人目付《こびと》のもとへと向かった。

二十三歳の「沢田《さわだ》」というその小人目付は、今は露天営業の『鋳掛《いか》け屋』に扮して、すぐそこの路上で、もう半日近くも見張りを続けているのだ。

鋳掛け屋というのは、穴の空いた鍋や釜を預かって、その場で修理するのを商売としている職人のことである。

天秤棒の両端に、修理道具と小型の鞴《ふいご》（火おこしの道具）を括《くく》りつけて運び、路上で客を拾う形が多かったが、客に修理を頼まれれば、そのまま道端に筵《むしろ》を敷いて座り込み、即、修理に取りかかるため、道端に長時間座り込んでいても、怪しまれることはない。

それゆえ目付方配下のなかには、この沢田のように「鋳掛けの腕」を磨いておいて、見張りに就く際、鋳掛け屋に扮する者も多かった。

「おい、沢田。ちと向こうで話せるか？」

「はっ」

だが沢田もこうした見張りには慣れているから、上司の本間に声をかけられても、すぐに立ち上がって付いていくようなヘマはしない。

あくまでも周囲の町人たちに「妙だ」と思われないよう、少し時間を置いてから、本間が待っているはずの人通りの少ない路地裏へと入っていった。

「お待たせをいたしました。して、本間さま、もしやして先ほどの……？」

長々とずっと見張りを続けているものだから、自然、沢田も期待して、さっきの本間と女とのやり取りを遠くから眺めていたのである。

「やはり、何ぞか申しておりましたので？」

「おう。だいぶ判ってきたぞ」

「まことにございますか！」

取り付くようにしてきた沢田に、本間は大きくうなずいて見せた。

「あの仕舞屋は、『石川さまの御助け講』だそうだ」

「おたすけこう？」

目を丸くしてきた沢田に、本間は肩をすくめて見せた。

「まあ、『講』というのが判っただけで、はっきりと『何の講』だか判った訳ではないんだが……」

講というのは、何か共通の目的を持って寄り集まる組織団体のことである。

例えば「伊勢《いせ》講」や「稲荷《いなり》講」、「水神《すいじん》講」などといった、特定の神仏や自然信仰を共通の理念《りねん》とする人々が集まって、自分たちの信ずるものが、より一層の興隆や発展をするように、皆であれこれ助け合いをしながら活動する「講」が多かった。

だがその活動の一環《いっかん》として、講の皆で一定額の金子《きんす》を出し合って、それを講全体の「積み立て金」とし、さまざまに運用するようにもなっていたのである。

くじ引きで決めた数名を講の代表者として、信仰する寺社に詣《もう》でさせるための旅費にあてたり、講仲間のうちに怪我や病気、災害などといった困り事が起こった際の、相互扶助《そうごふじょ》の費用にあてたりもする。

そうして果ては信仰など関係なしに、講の皆で積み立てをして集めた金を、講内の金に困っている者に融通してやったり、そうした者がいなければ、くじ引きや持ちまわりで順番に、ある程度まとまった額を配当金として与えたりするようにもなった。

この金銭の融通のみを目的とする講を、俗に「頼母子講《たのもしこう》」とか「無尽講《むじんこう》」などと呼ぶ。

頼母子講のほとんどは、あらかじめ決められた期日の間に、講に入っている全員が『講元《こうもと》』のところまでやってきて、一定額の掛け金を預けていくのが普通なのだが、どうやらその「講元」を、旗本の石川亮一郎が務めているようだった。

「あの仕舞屋に入っていく者たちは、石川に金を納めに来ているらしい。さっきあの商家の女房どのに、『あなたのような大店のお人は、私ら貧乏人とは違って、講のお金も大金をお預けなさるんでしょう？』と、そう言われてたな」

「さようにございましたか……」

沢田は今の話で、上役の本間が沢田《じぶん》に何を求めているのか、ピンときたようだった。

「なれば、ここは私が、このまま鋳掛け屋のふりをいたしまして、自分も講に加えてもらえますよう、頼んでまいりまする」

「そうしてくれるか？」

「はい。どうかお任せくださいまし」

胸を叩かんばかりにそう言うと、沢田はさっそく石川が居るのであろうあの仕舞屋に、入っていくのだった。

五

石川の主催する「御助け講」の報告をするため、本間が稲葉のもとにやってきたのは、翌々日のことであった。

「ほう……。では沢田は『百文』を石川に預けて、その『御助け講』とやらの一員になったという訳か……」

「はい」

今、二人は、例によって余人を避けて、目付方の下部屋で話している。

池で自害しようとしていたのであろう石川が、「御助け講」なる胡散臭いものの講元をしていると聞いて、稲葉はすっかり前のめりになっていた。

「ですが、稲葉さま。御助け講に入りかけておりますのは、私も同じでございます。実は本間家《うち》に出入りの振《ふ》り売《う》りの油屋に頼みまして、大店の油問屋に口利きをしてもらい、そこの手代として私も、石川の仕舞屋に入ってまいりました」

「いや、そうか！」

「はい」

名を借りた「近江屋《おうみや》」という油問屋は、日本橋にも程近い室町《むろまち》にあり、名実ともに一級の大店である。

その近江屋に「これは目付方の調査《しらべ》だ」と、あらかたの説明をした上で、自分に近江屋の手代を名乗らせてくれるよう、本間は頼んできたのである。

むろん一文たりとも近江屋に損をさせる訳にはいかないから、近江屋の奉公人が着ているという屋号の入った半纏を借りてきて、それを身に着けた手代姿で石川のもとへ行き、講の詳細について話を聞いてきただけなのだが、「主人に命じられてやってきた手代」という体《てい》であるから、判らないこと、不審なことは、何でも訊けるという訳だった。

近江屋《うち》の主人が知人から噂を聞いて、「石川さまの御助け講」に興味を持っているのだが、掛け金や配当金の仕組みが判らないことには、さすがに安易に講に入ることはできない。

主人が言うには、「自分の手持ちの金だけで済むのであれば入りたいが、店の金子にまで手を出さなければ入れないというのなら、残念だが、やめておく」ということである。

実際のところ、一口幾らの掛け金で、配当はどうなっているのか教えて欲しいと、本間は近江屋の手代として、真正面から石川と掛け合ってきたのだ。

「して柊次郎、掛け金や配当の具合は、どうであった？」

いつもは冷静な「稲葉さま」が興味津々《しんしん》、身を乗り出してくれていて、本間も嬉しく、やり甲斐を感じていた。

「おそらく向こうは相手によって、それなりに話は変えているのでございましょうが、『近江屋』と名を出しての掛け金は、『少なくとも十両以上、天井《うえ》はどうでもお好きなように……』と、そうした話でございました。けだし配当の仕組みのほうが、ありがちな頼母子講とは、いささか違っておりまして……」

ごく普通の頼母子講は、何かがあって困った際の金銭の融通や、何年後かの先々にまとまった額の金子が一気にドカンと返ってくることを前提にして、講に入っている皆から掛け金を集めているのだが、石川の「御助け講」では、掛け金の額によって、配当の仕方が大きく変わってくるらしい。

小人目付の沢田が鋳掛け屋に扮して払ってきた掛け金は「月・百文」で、この額が皆に普通に提示されるということであったが、この「百文」で講に入っている者たちに対しては、ごく有りがちな頼母子講として、困った時には融通し、そうでなければ一年に一回、くじ引きで三名ほどに「一両」が当たることになっていた。

月・百文を、正月から師走まで十二回ほど支払って、千二百文。

ちなみに今、一両小判を銭に替えれば五千文前後というところであろうから、くじ引きで一両が当たれば、大儲けとなるのである。

ちなみに、もちろん一度当選した者や、困った時に融通してもらった者には、翌年からのくじ引きの権利はなく、月に百文払っている全員に「一両」が当たり終わるまでは、くじ引きに参加することはできない。

だが「一両」当たったその後も、変わらず講に入っておけば、何かで金に困った際には、それなりに融通してくれることになっていた。

一方、それに比べて「配当の仕方が、独特」といえるのは、近江屋のような大口の客に対してであった。

近江屋への回答として本間に提示された金額は、「十両以上で、上は随意《ずいい》」というものであったが、こちらは、

「元金を預けっ放しにしておけば、年に一度、元金の一割の金額が利息として支払われ、十年後には、元金自体もそのままの額で返してもらえる」

という代物《しろもの》であった。

たとえば「十両」預けた場合には、年に一度、師走の半ばに元金の一割にあたる「一両」の利息配当がある。

これを十年続ければ、利息だけでも十両になり、元金の十両はそのまま返される訳だから、都合、「十両が、倍の二十両」になって返ってくるという訳だった。

この計算でいくと、「二十両」預ければ十年後には「四十両」、「五十両」なら十年後には「百両」で、もし「百両」預ければ、毎年十両の利息が払われるため、十年待てば「元金合わせて、二百両」という大儲けになる。

その上に最初の約束として、いつ何時《なんどき》でも、どうしても元金分が必要となった場合には、必ずや申し込みの半月後までには、元金分、耳を揃えてお返しするというもの

であった。

「ほう……。これはまた巧妙に、講員《ひと》が集まるよう、造り込まれているものだな」

稲葉が思わず感心してそう言うと、

「まことに……」

と、本間も大きくうなずいた。

「あの仕組みで、本当に配当がもらえるというのなら、『余剰の金子は、預けておいたほうが利口《りこう》だ』と、大店の商家も続々と集まることでございましょう。おまけに、そうして大口の預り金があれば、『月・百文』の者たちのなかに急な金の無心があっても、融通してやれるということで」

「さようさな……」

たしかに、こうして講の構造を二段仕立てにしておけば、「金の回りが滞《とどこお》る」ということもなさそうなものである。

「……ん？」

と、だが稲葉は、つと思いついて、こう言った。

「その『講の金繰《かねぐ》り』が上手くいかぬようになったゆえ、石川は池に飛び込んだのやもしれぬな」

「はい。いやまこと、さように考えれば、講元の石川が入水したのも、よう判るというもので……」

「よし。なれば柊次郎、これよりは、今あの講の金繰りが、実際どういった具合になっておるかを探ってくれ」

「ははっ」

言うが早いか、本間は稲葉に一礼して、下部屋を出ていった。

一人残った稲葉は、「だがそうして一度は自害を考えた石川が、今はなぜ平気な顔で、毎日あの仕舞屋に通い続けているものか」と、沈思し始めるのだった。

六

石川が池に飛び込んだ理由を「講の金繰りの不良」と見た稲葉の読みは、大当たりであった。

あの後も、本間は小人目付の沢田ら配下たちと手を分けて、神田の仕舞屋、家主の自宅、赤坂の石川の屋敷の三ヶ所を引き続き見張りながら、少しでも得体の知れない人物が出入りした際には尾行して、行き先や正体などを確かめていたのだが、ある日の夕方、本間も会ったことのあるくだんの家主が、自分の貸し家であるあの仕舞屋に押しかけてきたのである。

外にまで漏れ聞こえてくる家主の声は、明らかに怒っていた。

「やっぱり、あんただ！　今日はそこらの長屋者《ながやもん》みたいに造っているが、あんたがいつも私ん家《とこ》に、ここの家賃を納めに来る『どっかの大店の手代さん』だろう？　石川さまへのご恩返しに、どっかのお大尽《だいじん》が払っているなんぞと嘘をついて、本当はここの収益《あがり》で払っていただけでございましょうよ！」

「いや、だから、こうして……」

石川が言ったか、それとも別の誰かが答えたのかは判らなかったが、家主の怒声をなだめるように、何か必死に小声ながらも言っているようである。

その誰かの説得が利《き》いたのか、家主の声はぱたりと聞こえなくなったが、しばらくすると、

「とにかくもう、これからは、月の初めに家主《こちら》から、必ず取りにまいりましょうよ」

と、鼻息荒く、捨て台詞《ぜりふ》のようにそう言って、さっき入ったばかりの家主が玄関の戸をピシャリと閉めて、外に出てきた。

自分の家のあるほうへと、通りを歩き始めたその家主を追いかけて、後ろから声を

かけたのは本間柊次郎である。

「もし、家主どの。ちと話をうかがいたいのだが……」

今日の本間は、近江屋の手代姿ではなく、通常の袴《はかま》姿の徒目付の格好である。

「え……？　あの、あなたさまは、たしか……」

「いやすまぬ。実は拙者は、江戸城《しろ》から来た徒目付でな。先般より、あの家《や》で行われている『御助け講』なる講について、あれこれと調べておるのだ」

「…………」

思いもよらない話に驚いて、家主は声も出ないようである。

「すまぬが、ここでは人目に立つ。他人《ひと》の耳目《じもく》のないところで、ゆっくりと、先ほどのそなたの剣幕《けんまく》の理由《わけ》を聞きたいのだが……」

「『私の剣幕』でございますか？」

「さよう。温和なそなたが、あれほどに怒るというのだから、よほどの仔細《しさい》があるのであろう？　そこを話して欲しいのだ」

「かしこまりました。ならどうぞ、前と変わらぬあばら家ではございますが、よろしければ私の家のほうへ……」

どうやら本間がわざと言葉を選んで差し込んだ「温和なそなた」というあたりが、

家主に気に入ってもらえたのかもしれない。

「いや、すまぬな。恩に着る」

「いえ、とんでもございません」

こうして本間は、無事、家主に信用されて、一連の揉めごとの仔細を聞けることとなったのだった。

七

「なにッ？　では石川は、講の仲間に『貯め金』を持ち逃げされたと申すか？」

「はい」

「…………」

本間からの報告に絶句しているのは、稲葉徹太郎である。

今、稲葉は本間と二人、目付方の下部屋にいて、本間が家主から聞いた話を報告している最中であった。

「何でもその男に預けてあった『講の貯め金のほとんど』を、すべて持ち逃げされたということで、あちこち講の皆に払わねばならない利息やら配当やらを優先し、足りない分は石川が自腹を切っていたらしく、必定《ひつじょう》、家賃の払いのほうは三ヶ月《みつき》も後まわしになっておりましたようで……」

　そんな頃に、これまで直《じか》に家賃を納めに来ていた「大店の手代」の男が、貧乏くさい「そこらの長屋の住人」の格好で、石川のいるあの仕舞屋に入っていったのを目撃したものだから、家主は怒り心頭、夢中で追いかけてきたという訳だった。

「したが、よく三ヶ月も我慢をし続けていたものだな」

「それがどうやら家主には、持ち逃げされた事情を話して、待ってもらっていたそうにてございました」

「はい」

「なるほど……。そうして家主が仏《ほとけ》の顔で三ヶ月も待ってやったというのに、大店の手代が長屋者に化けて石川のもとに行ったゆえ、堪忍袋《かんにんぶくろ》の緒が切れたという訳か」

　これは一杯、喰わされたに違いない。端《はな》から「石川を慕う大店の主人」なんぞは存在していなくて、石川があの長屋者の男を大店の手代に仕立て、家賃の払いに来させていただけだったのかもしれないと、家主は思ったそうだった。

「『貯め金を持ち逃げされた』というのも、下手《へた》をすれば、石川の騙《かた》りなのではないかと、家主はそう申しておりました」

「それはあるまい。現に石川は、池に飛び込んでおるゆえな。それよりは、どうにもよう判らんのだが、『大店の手代のふりで家賃を納めに来ていた長屋者』というのは、一体、何だ？」

「それなれば、石川の申しようを信じればではございますが、あの講を石川とともに主催していた浪人者が、自分の手下として使うていた男だそうにござりまする」

「浪人者？」

新たな人物が湧いて出て、稲葉は目を丸くした。

「では石川は、一人で講を主催していた訳ではなかったのか？」

「はい。石川が『家主への言い訳』に申したらしゅうございますのですが、何でも最初は『津島《つしま》』とか申すその浪人者に誘われて、講をともに始めたそうで……」

つまりは一緒に講元をしていた訳で、算術に明るい津島が金の出納《すいとう》を担当し、旗本身分で世間への聞こえがよい自分のほうが「講の看板」となって、表と裏と、二人で御助け講をまわしていたのだと、石川はそう話したそうだった。

「なれば、その津島が、金を持ち逃げしたという訳か」

「はい。家主はまだ石川を疑うておりましたが、津島の手下だったという男が、雇い主の津島に逃げられて、行き場所がなく、石川を頼ってきたのでございましょうから、おおよそは石川の申し立ての通りなのではございませんかと……」

「うむ。たぶん、そう見てよかろうな」

津島が手下にわざわざ大店の手代を装わせた理由も、「浪人」である自分の身元や存在を、できるだけ周囲に隠しておきたかったからに違いない。

つまり津島の持ち逃げは、計画的なものだったのだ。

「津島がどれだけ持ち逃げをいたしたか、その額や、津島についての詳細を、石川と『手下の男』に訊かねばならぬな」

「はい……。ただ、もしまことに津島が浪人者なれば、町方《まちかた》の取り扱いとなりましょうし……」

本間が言うのももっともなことで、浪人身分の者たちは「武士」といっても主君を持たず、幕臣でもなければ、どこかの武家の陪臣でもないため、町場に住む町人たちと扱いが同じになり、目付方では手を出すことができないのだ。

「さようさな……」

稲葉は小さくうなずいて見せると、だがその先を付け足して、こう言った。

「だが目付方《こちら》も、幕臣の石川が講元の一人となれば、『御助け講』なるものを、そのままに放っておく訳にはいかぬ。現に今、金を預けた者たちの元金は、戻らんようになっておるのだ。石川が裏で津島の持ち逃げに加担していたか否かは判らぬが、どちらにしても、石川が講元をいたしておったのであれば、その責任《せき》は、それ相応に負わせねばならぬ」

「はい……」

石川や津島の手下だったその男を訊問《じんもん》するなら、やはりあの神田三河町の仕舞屋に、いきなり乗り込んでいくのが一番であろう。

その不意打ちを何時《いつ》にしたらよいものか、稲葉は、現場を知る本間に相談し始めるのだった。

八

三河町の仕舞屋への不意打ちの踏み込みは、ごく静かに始まった。

決行したのは翌日で、あの仕舞屋に石川とくだんの男とが、二人揃った直後である。

石川の「御助け講」に資金《かね》がないのは判っているため、もうこれ以上、講に掛け金を払ってしまう者を増やさないよう、仕舞屋への踏み込みを急いだのだ。

果たして、稲葉が本間と二人、まるで講に入りにでも来たかのように、玄関の戸を開けて入っていくと、あちら側はいっせいに、ギョッとしたようだった。

普段ここに入ってくる者は町人ばかりで、「侍」といってもせいぜいが浪人だから、裃《かみしも》を身に着けた立派な武家が来たこと自体に、まずは恐怖を覚えたのかもしれない。

屋内《なか》にいたのは石川とくだんの男、その他にも石川の家臣らしき若い侍と、五十を越えていそうな中間《ちゅうげん》も一人ずついたが、おそらく咄嗟《とっさ》、逃げ出そうとしたものか、皆それぞれに身構えて立ち上がってきた。

「幕府目付の稲葉徹太郎にござる。これなるは我が配下の徒目付で、名は本間柊次郎。どうだな、石川どの。貴殿、拙者にも本間にも、以前に会《お》うたことがござろうて」

「……あっ！　あの時の……」

浄圓寺の池で助けられたあの時のことも、近江屋の手代に講を勧めたあの時のことも、一気にすべてを思い出したのであろう。あまりのことに石川は、声も出ないようだった。

「…………」

「あらかたの仔細については、すでにこの家の家主どのより、話に聞いて存じているつもりだ。貴殿『津島』とやらに講の金子を持ち逃げされたそうにござるが、一体、幾ら盗《と》られたのだ？」

「…………」

見れば、石川の額や頬には、薄っすらと汗が浮かんでいる。おそらくは今、必死になって、「何をどう、目付に話すのが得策なのか」考えをめぐらせているに違いなかった。

「いかがなされた、石川どの。拙者とて、あの池の端で泥まみれになった身だ。津島とやらに金を盗られて、貴殿が切羽詰《せっぱつ》まったのであろうことは、見て取れる。講の金子が幾ら盗られて、今どれほどの窮地に陥っているものか、正直に話してくれ」

「…………」

だが石川は稲葉《こちら》から目をそらして、汗をだらだらかき続けているだけで、何も答えられないようである。

すると突然、石川の家臣と見える二十二、三歳の侍が、横手から「殿！」と、石川にすがってきた。

「こうとなりましたら、何もかも包み隠さず御目付さまに、申し上げたらいかがでございましょう？　もとより金を持って逃げましたのは、あの『津島』にござりまする。殿におかれましては、かえって身銭を切っておられますほどで、何の落ち度もござりませぬし……」

「うるさい！　黙れ！　おまえごときが、おこがましいぞ！」

「はい……」

とたんに若党は引っ込んで、うつむいて控えている。

他家の家臣ながらも、その忠義に感服して、稲葉は思わず庇《かば》っていた。

「まこと、良きご家中をお持ちでござるな」

本心からそう言って、嬉しそうにこちらを見ている若い陪臣に、稲葉はうなずいて見せた。

「したが石川どの、これは目付方が訊問《しらべ》にござりまするぞ」

今度はやおら向き直ると、石川を真っ正面に見据えて、こう言った。

「縦《よ》し貴殿が、講の責《せき》任を取られてご自害をなさろうとも、それで講の町人たちに、金子が戻せる訳ではございますまい。今、貴殿の知られるかぎりを白日《はくじつ》の下に晒して、まずは講の金子を取り戻すべく津島をどうしたら見つけられるか、そしてもし金子が戻ってこない場合には、講の者らの被害が少しでも減らせるよう、皆で懸命に考えねばならぬゆえ……」

と、稲葉がまだ、説得している最中《さなか》のことであった。

これまでずっと黙っていた石川が、なんと反旗を翻《ひるがえ》してきたのである。

「津島の捜索はともかく、講については、万事こちらにお任せをいただきとう存じまする」

「…………！」

さすがにキッと顔を険しくした稲葉を前に、だが石川も、一歩も引くつもりはないようだった。

「すでにもう百両がところは、拙者が用意をいたしましてござる。この百両を万事、上手くまわしまして、何としてもこの先に破綻《はたん》のなきよう、相務《あいつと》める所存にてございますゆえ、『御目付さま』にはご安心のほどを……」

「黙らっしゃいッ！」

一瞬、場の空気が凍るような怒声を発したのは、稲葉徹太郎であった。

「なれば貴殿、こうなってまだ町場の者たちから、下《くだ》らぬ講にかこつけて金を取るおつもりか？」

「…………」

くっと反抗的な目を上げてきた石川を、稲葉は怒《いか》って、ねじ伏せた。

「そも、よしんばこたびがように資金《かね》を持ち逃げされずとも、何かの折に、いっせいに大店の商人たちが元金を下ろしにかかったら、どうなさる？　年に一割もの利息を客引きの飴《あめ》にしておられるようだが、満期になれば『倍』を払わねばならないのだから、破綻は端《はな》から見えていたはずでござろう」

「…………」

石川が、とうとう下を向いた。

その石川に、「ここぞ」と稲葉は訊き始めた。

「『津島』について、何ぞ判ることはござらぬか？　まずは何をさておいても、津島を追って、捕らえねばならぬ。住処《すみか》なり、出自なり、判るものは言うてくれ」

「……彼奴《きゃつ》の住み暮らしていた家なれば、すでに家臣とともに行き、畳も天井板も剝《は》ぎまして、あやつも金も姿形もなきことは確かめてございますゆえ……」

「なれば、出自は……？　縦《よ》し遠き他藩《たこく》では、行きようも調べようもなかろうが、江戸や天領の内なれば、急ぎ出向いて、手がかりのほどを探ることもできよう。津島は『浪人』とのことだが、何ぞ聞かれたことはござらぬか？」

「あやつはあまり我が事は話しませんでしたので、出自などは、何も……」

ここに来て、さすがに石川も少しく素直になってきたらしい。

すると横から、津島に雇われていたという町人の男が、おずおずと言ってきた。

「津島さまは、以前《めえ》に深川の押上村《おしあげむら》に、一ヶ月《ひとつき》ばかりもおいでになってたことがごぜえやした。あっしも出身《で》は深川でごぜえやすんで、『押上村』と聞きやして、ちっとばか懐《なつ》かしい気もいたしやしたもんで……」

「なれば、その押上村に、何ぞかあるやもしれぬな」

稲葉がそう言うと、本間も石川も石川の家臣たちも、みな色めき立って、うなずいてきた。

「して、そなた、名は何という?」

稲葉が男に改めて訊ねると、男は嬉しそうな顔になった。

「『佐太七《さたしち》』でごぜえやす。……あの、御役人さま、あっしでお役に立ちやすんなら、何だって……」

「うむ。なれば、これより、深川への案内《あない》に立ってくれ」

「へい、喜んで!」

そうして小半刻の後には、稲葉徹太郎を中心としたこの雑多な男たちの一行は、深川へ向けて神田の町なかを闊歩《かっぽ》していたのだった。

九

神田三河町から深川の押上村へ向かうには、すぐ先の鎌倉河岸《かまくらがし》から竜閑橋《りゅうかんばし》を渡り、本銀町《ほんしろがねちょう》や本石町《ほんこくちょう》、『金座《きんざ》』のある本両替町《ほんりょうがえちょう》と抜けていき、出てきた一石橋《いっこくばし》を渡って日本橋の町なかへと入る。

その先も、にぎやかな日本橋の町内を尻目に東へ東へと下って、八丁堀《はっちょうぼり》や新堀《しんぼり》町《ちょう》も行き過ぎ、大川（墨田川）に架かる永代橋《えいたいばし》へと向かった。

永代橋を渡り終えると、そこはもう、深川や本所の入り口である。

だが深川はとんでもなく広大で、どちらの方角に進めば押上村に着けるのか、見当もつかない。

稲葉はくだんの「佐太七」を先頭に立たせて、今度は広い深川を、大川に沿って北へ北へと向かって歩いた。

深川は、その昔、幕府が海の浅瀬や湿地を広大に埋め立てて造成した、水場の多い地域である。

北へと向かう道の途中にも、次々に河川と橋とが出てきたが、仙台堀《せんだいぼり》、小名木川《おなぎがわ》、竪川《たてかわ》と渡って、その先を今度は東に向けてどんどん行くと、ようやくに町場や武家地を抜けて、百姓地が見えてきた。

水の豊富なこのあたりは、見るかぎり一面に田んぼが広がっている。

だがその田んぼの風景は、稲葉たちのような農業を知らない素人《しろうと》にも、一目で異常と判る代物であった。

おそらくは、今年の尋常ではない長雨と大雨とに、すっかりやられてしまったのであろう。水嵩《みずかさ》こそ、さして高くはなかったが、稲は軒並み薙《な》ぎ倒されて、見るからにペタリとなり、泥にまみれて汚れていた。

「いや、これは……」

思わず足を止めて稲葉が見やると、横で本間も、沈鬱《ちんうつ》な声で言ってきた。

「先般の大雨で、本所深川のあたりが酷《ひど》い目に遭《あ》ったとは耳にいたしておりましたが、まさかこれほどまでとは……」

「うむ……」

だが二人も、もうそれ以上は何を言えばいいのか判らない。余所者《よそもの》が通りがかりに、安易な気休めや同情を口にしてはいけないほどに、目の前に広がる田んぼは、この先のこのあたりの者たちの難儀を示していた。

「……あの、御役人さま。押上村は、まだ少し先でごぜえやして……」

言いづらそうに声をかけてきたのは、案内に立っている佐太七である。

「ああ、すまぬ。行くか」

「へい」

鬱々と身に迫ってくるような、稲の薙ぎ倒れた田んぼを左右に見ながら歩いていくと、つと武家町や町場が現れて、その先に、またも広大な田んぼが見えてきた。

「あの先はもう、全部『押上村』でごぜえやす。押上村にゃ飛び地もありやすんで、いささか広うはごぜえやすが、上手くまわりゃァ、今日のうちには全部……」

つまりは村の家々を一軒ずつ、確かめてまわろうというのであろう。まるで目付方《こちら》の配下のように張り切ってくれている佐太七に、稲葉は大きくうなずいて見せた。

「よし。なれば、引き続き案内を頼む」

「へい。お任せを」

田んぼの畔《あぜ》を踏み固めてこしらえたのであろう道だから、まだ所々に酷くぬかるんだ部分がある。

そこをズカズカ踏み抜いてしまっては、いよいよここいらの百姓《もの》たちに迷惑をかけることになろうからと、稲葉は慎重に足の踏み場を選んで歩き出すのだった。

十

押上村は、佐太七の言う通り、大きな村であった。

とはいえ、これも佐太七の話の通りで飛び地が多く、所々に旗本屋敷を挟んだり、寺の境内を挟んだりと、なかなかに複雑な造りとなっている。

その複雑に分かれた一区画ずつをていねいにまわって、「日頃はこのあたりにいない浪人者を、最近、見かけはしなかったか」と、村の者らに訊ねてまわっているうちに、次第、日が傾きかけてきた。

そんな日没時分のことである。

門柱に「常照寺《じょうしょうじ》」と名の彫られた寺の前を行き過ぎて、その奥に広がる押上村の集落に足を向けかけた時だった。

「やっ、おりましたぞ！」

小声で叫ぶように言ったのは、石川亮一郎である。

その石川が指差す方角に目を凝《こ》らすと、かなり遠くの、田を何枚も隔てた先ではあるのだが、なるほど誰ぞ着流しの細身の男が歩いている。

　容易には動けぬゆえ、こちらは道端で休みを取る風をして、遠く男の行く先を目で追っていると、男は田の畦道を進んで、集落の端にある一軒の百姓家の敷地に入っていった。

「稲葉さま」

　と、声を抑えて言ってきたのは、本間柊次郎である。

「いかがいたしましょう？　今よりもさらに日が落ちてしまいますと、このあたりはなにせ灯りがございませんゆえ、宵闇に紛れて、逃げられてしまうやもしれませぬ。やはりここは早々に、踏み込んだほうがよろしいかと……」

「さようさな。では、柊次郎、参るぞ」

「はっ」

　本間が短く返事をして、そろそろと集落に近づいていこうとした時である。

　横手から急に石川が駆け出して、その後を追い、佐太七や石川の家臣二人も、津島が消えていった百姓家に向けて走り出した。

「おい、だめだ！　戻れ！」

　稲葉が後ろから一喝《いっかつ》し、本間もあわてて一同を止めんと駆け出したが、皆が皆、もう津島のことしか頭にないものだから、目付たちの声など耳に入るものではない。

稲葉や本間が止める間もなく、百姓家のなかにドカドカと踏み込んでいき、

「おい、津島！　出てこい！　ここにいるのは判っておるのだ！」

と、石川が大音で始めてしまった。

「いや、まずい！　これでは逃げられるぞ！　柊次郎、おぬしは裏にまわってくれ」

「はっ」

本間に命じながら、はや稲葉も玄関から家のなかへと踏み込んだ。

だがすでに家のなかに津島の姿はなく、石川と佐太七、それに石川の若党と中間の四人が血眼《ちまなこ》になって、家中をそれぞれに漁《あさ》っている。

「稲葉さま！」

裏手の縁側から上がってきたのは、本間である。

「どうだ？　裏にまわったかと思うたが……」

「いえ。裏の植え込みから隣家の庭まで探しましたが、どこにも……」

「…………」

稲葉は皆を抑えられなかった自分が情けなくて、ぐっと血がにじむほどに強く唇を噛んでいた。

「さっきの畔《あぜ》から、皆がこちらへと駆け出してくるのが見えていたのでございましょ

う。私らが着いた時には、すでに裏から逃げていたのやもしれませぬ」

「さようさな……」

今の本間の読みが、おそらく事実なのだろう。

後悔、先に立たずで、稲葉は自分の甘さを呪《のろ》ったが、是非もない。

それでもここは、ついさっきまで津島がいた場所だから、何ぞ手がかりの一つでも探さねばならなかった。

稲葉は重い気持ちを引きずりながら、本間とともに家のなかの一つ一つをていねいに確かめ始めた。

もとより、人の住んでいる家ではなかったらしい。

日々の生活《くらし》に使うような品はほとんどなく、やけにもの悲しく稲葉の目を引いてきたのは、ぞんざいに置きっ放しにされた形になっている仏壇のなかの位牌であった。

近づいて眺めれば、誰のものだか、津島の先祖なのかもしれない位牌が七つほど、無造作に並べられている。どれも全体、厚く埃《ほこり》をかぶっており、この仏たちが長い間ほったらかしにされていたのが、一目《ひとめ》で判る風になっていた。

「やはり、この家はどう見ても、百姓家にございますね……」

そう言ってきたのは、少し離れたところで、置きっ放しの水瓶《みずがめ》のなかを覗き込んでいる本間柊次郎である。

「ここがまことに津島の実家でございますなら、『浪人』と申すは真っ赤な嘘で、姓の『津島』と申しますのも、むろん偽名ということに……」

「ああ。おそらくは百姓家も継《つ》がずに遊びまわって、放蕩者《ほうとうもの》の浪人たちと悪さでもしておったのであろうな」

そして結局、家を継ぐ者がいなくなり、こうして仏壇の先祖たちも長く放置の状態になっていたに違いない。七つある位牌は、どれもそれぞれにあちらを向いたり、こちらを向いたりと、ひどくぞんざいに置かれていたが、よく見れば、どうやら最近、誰かが位牌を触ったものか、部分的に埃がよれて、いかにも誰かに持たれたようになっていた。

「…………?」

と、稲葉は、つと違和感を感じて、眼前の仏壇を凝視した。どうも何だか全体が、不自然に歪んで見えるのである。

仏壇はよくある造り付けのもので、壁に仏壇用の棚が四角く掘られた形になっているのだが、そこに無造作に置かれた七つの位牌の向こう側、つまりは仏壇の棚の奥の壁が、やっぱり少し斜めに見えて仕方ないのである。

稲葉の目には、向かって右が奥へと引っ込んでいて、逆に左は、少しく手前に飛び出しているように見えていた。

「ちとご無礼をいたしますが、どうかご勘弁くださりませ……」

稲葉は位牌に手を合わせて深々と頭を下げると、自分の懐《ふところ》から手拭《てぬぐ》いを取り出して畳に広げ、仏壇の棚から一つずつ位牌を取り出して、手拭いの上に移し始めた。そうして七つ、すべて下ろして棚を空っぽにすると、奥の壁に両手を当てて押し始めた。

引っ込んで見える右側をさらに奥へと押し込み、手前に飛び出して見える左側を、より一層、浮かせるようにしてみたのである。

すると、ガクンと外れたような手応えがあって、壁が一枚の板となって、手に落ちかかってきた。

「…………！」

外れた壁板の向こうから出てきたのは、何百両かは優にあるであろうと見える黄金色の小判の束である。小判の他にも布製の巾着袋《きんちゃくぶくろ》が幾つか押し込まれており、手暗がりながらも袋を開けて内部《なか》を覗くと、やはり中身は金であった。

「おい、柊次郎！　あったぞ！」

「え？」

後ろから覗き込んできた本間に、稲葉は小判を一束、取り出して見せた。

「やっ、ではこれが……？」

「ああ」

そう返事をしながらも、稲葉は次々に取り出しては本間に渡し、本間はそれを数えながら並べていく。

他の皆もすぐに気づいて集まってきて、皆で金勘定《かねかんじょう》になり、小判のほかにも出てきた一分金《いちぶきん》（一両の四分の一）やら二朱金《にしゅきん》（一両の八分の一）やら、数え終わって合わせてみると、四百両に近いほどの大金となっていた。

「殿！　これなれば、おそらく……」

石川に向かって満面の笑みを見せたのは、石川家の若党である。

その若党の様子に、稲葉はさっそく石川に訊ねてみた。

「では石川どの、津島に盗られた講の金子は、これですべてでござるか？」

「はい。細かくは減っているやもしれませぬが、おおよそは、これで……」

「いや、良かった……」

稲葉は思わず、石川の肩に手を置いていた。

津島を逃がしてしまったことは、返す返すも口惜しく、情けないが、この金が戻れば、講の者らに損をさせずに返金してやることができる。

稲葉は改めてしみじみと、嬉しさを噛みしめていた。

十一

石川家のくだんの若党から頼まれて、稲葉が赤坂の石川家の屋敷を訪ねたのは、押上村で講の金子を見つけてから、三日ほど経った後であった。

今日、稲葉が会いに来たのは「石川の妻女」で、石川亮一郎当人ではない。

実はあの日、押上村から帰る途中、つと石川家の若党が稲葉のもとへと近づいてきて、小さく頭を下げたかと思うと、石川に聞かれぬよう、急ぎこう言ってきたのだ。

「殿が身銭として使われた百両は、奥さまがご用意なされたものなのですが、それがために奥さまは、泣く泣く殿より『去り状（離婚証明書）』を取られて、他家に後妻に行かれるようなのでございます。あの百両が戻れば、奥さまは石川の家を去らずとも済むのやもしれませぬ。どうか稲葉さまのお力で、どうか……」

若党はこちらを拝むようにしてから、急いで離れていったゆえ、それきり何も聞けなかったが、もとより石川が「補塡《ほてん》のための百両」をどう作ったかについては、気になっていたところである。

津島に金を盗られて、一度は自害まで考えたのであろう石川が、百両もの大金を用意してきたのだ。

悪い金でないのか否か、調査せねばと思っていたのだが、その正解《こたえ》が向こうから近づいてきたという訳である。

今、稲葉は、あの若党に間を繋いでもらい、石川があの仕舞屋で残務処理をしている留守《るす》の時間を見計らって、石川の妻女と相対で向き合っていた。

「家中の者が甘えて、御目付さまにこんな不躾《ぶしつけ》なお願いをいたしまして、まことにもって申し訳ございません」

おそらくは二十五、六というあたりであろう。自分から「光枝」と名乗ったその妻女は、以前、本間が報告をしてきた通り、顔立ちの整った、背の高い女人であった。

「いや。石川どのには、もとよりあの池でお会いして、お助けをいたした因縁がござる。あの時に死のうとまでなされた石川どのが、百両を作られたとお聞きして、『悪い金でなければよいが……』と、目付としても案じておりましてな。それゆえ……」

「あの……、すみません。石川が死のうとしたというのは、どういう……」

石川の妻女は、取りすがるようにして訊いてくる。

池で泥まみれになったあの日に、浄圓寺からも遠くないこの赤坂の自邸ではなく、わざわざ遠い三河町まで着替えに行ったのは、自害を試みた事実を、妻女に知られたくなかったからに違いなかった。

だがこうなった今では、ご妻女もすべてを知っていたほうがよいであろう。

稲葉は、池のなかから石川を引き揚げた一件を、話して聞かせたのだった。

「お有難う存じます。これでようやく石川が、なぜ急に百両を受け取る気になったのか、その理由が判りました……」

津島に金を持ち逃げされたと聞かされて、まとまった資金《かね》を作らねばならないと考えたこの妻女は、まずは実家に泣きついてみたという。

「ですがもとより実家では、以前から私に『去り状を取って帰ってくるように……』と、ずっと申しておりまして……」

「ご実家が、『去り状を……』と？」

「はい……」

と、妻女の光枝は目を伏せた。

「お恥ずかしいことでございます。私がこの背の高さのせいで、二十を過ぎてもご縁が決まらずにいたところを、今は寝たきりの石川の姑《はは》が、哀れに思って拾うてくださいましたというのに……」

この石川の家でも親戚たちは一様《いちよう》に、「五百五十石もの釣り合わぬ他家《いえ》から、よりにもよって、男のように大きな嫁をもらうなど、石川家の恥だ」と反対し、世間から「金目当てで嫁をもらった」と指差されるのを嫌がっていたという。

「おまけに、いまだ子ができないものでございますから、実家も石川の親類も、『やいの、やいの』と申してはおりましたのですが、石川家《ここ》には姑《はは》もいてくれますし、私はそれだけで……」

だがこたび、津島に持ち逃げをされたことで、事態は一変してしまった。

御助け講では、大口の客に支払う一割の利息を、毎年、師走《しわす》に設定している。

それゆえ今はまだ、まとまった資金がなくても大丈夫なのだが、それでも講の誰かに困り事があって金の無心をされたり、大口《おおぐち》の誰かに「急ぎの金が必要になったから、元金を返して欲しい」などと言われたら、とたんに講は破綻《はたん》してしまうのだ。

「あの講は、夫の意地や自尊心の砦《とりで》のようなものでございました。まだ一度も御役につけず、私の実家からも何かと軽んじられておりましたゆえ、『石川さまの御助け講』などと人に呼ばれて、講の方々からも頼りにされて、毎日、遠い神田まで嬉々として通っておりましたので……」

それゆえ光枝は、夫の窮地を救うために一大決心をし、実家に「まとまった金子を用意してくれるよう」頼みに行ったのである。

「そうして実家に無心をすれば、『ならば、去り状をもらってこい』と言われるでありましょうことは、重々判っておりました。それというのも二年前、私の又従兄《またいとこ》がご妻女を病で亡くしまして、『その後妻に……』と言われ続けておりましたので、無心などいたせば、必ずやと……」

「それでもなお、ご実家に無心を……」

「はい。私にできることは、それしかございませんので」

結果、実家から五十両、後妻に入る予定の婚家からも五十両を出してもらい、光枝は百両こしらえて、夫の亮一郎に差し出したのである。

「石川には実家のことも後妻の件も、包み隠さず話しまして、去り状をもらわねばならないことも申しました。ですが最初はどうしても、受け取ってはくれませんでしたので……」

いくら勧めても受け取らず、去り状も書いてはくれずで、嬉しくはあるが、困ってもいたところ、ある日、突然「受け取る」と言い出して、去り状も書いて渡してくれたという。

「では、おそらくは、一度は死のうと入水して、結句、私に助けられてしまったことで、かえって気持ちが入れ替わってしまわれて……？」

「稲葉さまのおっしゃる通りかと存じます。石川は何につけ、意地を通したい性質《たち》にてございますゆえ、私の実家や後妻の婚家から都合してもらうのが、堪《たま》らなかったに違いございません。それでも一度、死にかけまして、殻《から》が破れたものかと……」

「さようかな……」

含みを持たせてそう言うと、稲葉は石川家《こ こ》の若党に頼まれた役目を果たすべく、目の前の光枝にこう言った。

「死にかけて『離縁』を思いきったのは、なるほどたしかではござろうが、その前に金を受け取らずにおられたことには、別の想いもあったのではござらぬかな」

「…………」

万事に頭のよい女人であるから、稲葉が言わんとしていることは、すでに判っているのであろう。

急に黙り込んだ光枝に、稲葉は優しく、小さく笑みを見せてみた。

「ご妻女を手放しとうはなかったのでござろうよ。……なに、今はもう盗られた金子も戻ったことだし、百両も返せるゆえ、ご妻女も『元の鞘《さや》に……』と収まるのがよろしかろうて」

「いえ」

と、いきなり凛《りん》として言ってきた光枝に、稲葉は驚いて絶句した。

「百両は『返せば済む』というものではなかろうかと存じます。実家はともかく他家からも、苦心して捻出していただいた百両でございますゆえ、今さらに『要らない』などと返す訳にはまいりませんし……」

「なれば光枝どの、やはりその、後妻に……？」

「はい。近く石川家《こちら》にお暇乞《いとまご》いをいたしまして、まずは実家に戻ろうかと存じます。これまでは石川の講が心配で、おそらく百両なんぞではすぐに破綻がまいりましょうから、『どうすれば……』と思い悩んでおりましたのですが、稲葉さまのお陰で、本当に……」

そう言って、目の前のこの女人は、深々と稲葉《こちら》に頭を下げてくる。

稲葉はもう何も言えず、結局、あの若党の願いは叶えてやれないままに、石川の屋敷を出たのであった。

そんな一部始終を、稲葉が「ご筆頭」の十左衛門に報告をしたのは、翌日のことである。

長い話になりそうだからと、二人して下部屋に移ってきての話であった。

「して、石川の講のほうは、どうなっているようだ？」

十左衛門に訊かれて、稲葉は詳細を話し始めた。

「いまだ神田の仕舞屋のほうは、閉めずに使っておるようなのでございますが、折につけ、様子を見に立ち寄っておりますす本間の話では、一人また一人と、精算を済ませているそうにてございまして……」

たとえば十両、三年前に講に納めた大口の者には、年に一回、一両ずつ渡した利息分の三両を差し引かせてもらい、七両を元金の残りとして返金する形を取っている。

一方で「月に百文」納め続けてきた者には、これまでに納めてもらった分はすべて返金していて、ただし以前にくじ引きで「一両」が当たった者には、その一両で相殺《そうさい》にしてもらっている。

結局、講元の石川には何の得も残らないということで、得が残せないばかりか、「月に百文」で講に入って一両が当たった者は、相殺しても結構な得になるため、その分だけは石川が自費で負担することになる。

「ご妻女が残していった百両がありますゆえ、返すに困ることはございませんでしょうが、なにせ人数が多うございますので、いましばらくは引き続き、あの仕舞屋を使うのだそうで」

「うむ……。まあ、講の者らに何ら被害はなかったのであるから、石川亮一郎の処分については、『お構いなし』ということでよかろうな」

「はい」

と、稲葉もうなずいた。

だが内心、稲葉は十左衛門に「構いなし」と言ってもらえて、とてつもなくほっとしていた。

もしこれで石川亮一郎に何ぞ厳しい処分が決まったら、夫のため石川家のためにと、泣く泣く自分を売って金にした、あの「光枝どの」の立つ瀬がないではないか。

いみじくも本間柊次郎が評した通り、石川の嫁だった光枝は、背が高く、顔立ちも良く、頭も良く、何より性根が真っ直ぐで、凛とした青竹のような女人であった。

たぶん夫の石川は、そんな光枝が眩《まぶ》しくて素直になれず、自分がどれほど妻を誇りにしているか、伝えてやれていなかったのであろう。

石川が意地と自尊心の塊《かたまり》であることは、光枝が見抜いていた通りであったが、石川がたとえ自分自身は儲からぬ『御助け講』であっても、講元として人の上に立っていたかったその理由の一つには、「妻に誇れる男でありたい」と願う気持ちがあったに違いないのだ。

「石川の妻女であった『光枝どの』がことにてございますのですが……」

とうとう頭のなかだけでは収まらず、「ご筆頭《ごひっとう》」を相手に口に出してしまうと、そんな稲葉に、十左衛門は改めて、「おう」と向き直ってきてくれた。

「して、どうだ？　その『光枝どの』とやらは、結句、後妻に行ったのか？」

「行かれたそうにございます。何でも昔は、ともによう遊んでいた又従兄《またいとこ》だそうで、そちらには先妻の子らが三人おるそうにてございますのですが、その子らとも、まんざら知らぬ仲ではないそうで、おそらくは上手《うま》く務めているものかと……」

「さようか……」

と、十左衛門も、ふっと顔つきをやわらかくして、うなずいた。

「まあ、そうして心根の良い女人であるゆえ、『幼馴染みの又従兄』と申す男も、光枝どのがことがあきらめきれずにいたのであろうよ」

「はい。あの女人は、どこに行こうが、好かれましょう」

「さようさな」

引き続き「ご筆頭」は機嫌のよい顔をして、さっき目付部屋の茶坊主に頼んで運んできてもらった茶を、掌《てのひら》に包むようにして飲んでいる。

そんな「ご筆頭」に、稲葉はちと改めて相談したいことがあった。

「相すみません。ちと、私 事《わたくしごと》ではございますのですが……」

「ん？　何だな？」

きちんと茶を置いて顔を上げてくれた「ご筆頭」に、稲葉も居住まいを正した。

「石川の夫婦ではございませんが、実は我ら夫婦の間にもいまだ子ができませんで、昨今では稲葉の親戚のあちらこちらが、とにかく煩《うるそ》うて堪りませぬ。『養子を取れ』だ、『側室を持て』だ、果ては『嫁を挿《す》げ替えろ』だのと、年々煩うなりますゆえ、やはりもう養子を決めたがいいのか否かと……」

「いや、稲葉どの。そこよ……」

大きなため息を一つつき、十左衛門は、まんざら他人事《ひとごと》ではなく、しみじみと言い始めた。

「まあ、貴殿もご存じの通りで、妹尾家《うち》は妻が病がちであったゆえ、もそっと早く養子を決めて育てておれば、かえって妻も子育てに気を張って、長生きをしてくれたやもしれないなんぞとも思うてな」

「ご筆頭……」

自分が妙な相談を口にしたばかりに、「ご筆頭」に辛い気持ちを思い出させてしまったと、稲葉は後悔し始めていた。

「相すみませぬ。かような席で要《い》らぬことを申しまして、かえってお気持ちを……」

「いや、稲葉どの。まんざら悪いことばかりではないのだ。万が一にも子ができるやもしれないと、いつまでも養子を決めず、夫婦水入らずでおったゆえ、儂《わし》がほうは、ずいぶんと愉《たの》しゅう暮らしておったのでな」

「はい。さようでございますね」

「うむ」

お互い、自分の女房に心底惚れている者どうし、これがどうにもならないことも、存外、幸せであることも、実際には判っているのだ。

あとはもう、続く言葉もなく、二人はそれぞれに茶を啜るのだった。

第三話　狐憑《きつねつ》き

一

やけに蒸す昼下がりのことである。

今日の当番目付として、佐竹甚右衛門《さたけじんえもん》と二人、目付部屋に詰めていた十左衛門のもとに、「狐《きつね》に憑《つ》かれた旗本が、親戚の者らに襲いかかった」という事件の報告《しらせ》が入ってきた。

「狐憑き、ということにてございましょうか？」

十左衛門に向かってそう言ってきたのは、佐竹甚右衛門である。

たぶん、この手の話があまり得意ではないのであろう。「狐憑き」などと、うっかり口にしてしまったのを気にしてか、急いで小さく「くわばら、くわばら……」と、まじないの言葉を呟《つぶや》いている。

その佐竹を横に見ながら、十左衛門は報せにきた目付方の配下に向かい、今の時点で報告が入っている部分《ところ》を訊ね始めた。

「して、その旗本の名は判っておるのか？」

「はい。家禄二百八十石の『真行倉之助《しんぎようくらのすけ》』という、十九の旗本だそうにてござります る」

「『真行』？」

と、十左衛門より先に口を出してきたのは、部屋の奥で書きものをしていた目付の西根五十五郎《にしねいそごろう》である。

「屋敷はどこだ？　本郷《ほんごう》か？」

「はい、あの、本郷にてございますが……」

いきなり横手から言い当てられて、配下の者が驚いて言い淀《よど》んでいると、話の先を待てないらしく、西根は畳みかけてきた。

「して、『襲いかかった』というのは、どういうことだ？　どこで何をしたのだ？」

「場所は、真行の屋敷内《うち》だそうにございます。何でも倉之助の十七の妹が、幾日か前に自害いたしましたそうで、その葬儀に親類縁者が集まっていたところ、突然、槍を持って現れて、大暴れをいたしましたそうで」

「……自害……」

　と、何やら西根は妙なところに引っかかっているらしい。

　そんな西根を見て取って、十左衛門は声をかけた。

「どうしたな、西根どの。貴殿、その『妹』とやらをご存じでおられるか？」

「『存じて』というほどのものではないのでございますが、つい先日、『真行小夜《さよ》』というその娘に、まあいわば、助けられたものでございまして……」

「助けられた？」

「はい……」

　神田明神の門前町といえる湯島《ゆしま》でのことであったが、湯島の先で別の案件の調査を済ませた西根が江戸城へ帰るべく、湯島の町場の大通りを騎馬《きば》で進んでいたところ、不意に幼い男児が横手から飛び出してきたのである。

「あっ！」と慌てて手綱を引いたが、あまりにも急だったため、男児の飛び出しと周囲の者らの騒ぎ声とに驚いて、西根の馬は前脚を宙に浮かせて立ち上がってしまった。

　そんな時のことである。

　馬を眼前にして動けなくなっている男児を救わんとして、武家姿の娘が飛び出してきた。そしてそのまま男児を横から抱きすくめると、馬の進路から外れるべく、転びながらも男児を助けきったのである。

「私も急ぎ馬をなだめて落ち着かせましてから、手綱をば家臣に預けて駆け寄ったのでございますが、子供は無傷でおりましたものの、娘のほうは左の足をひどく挫《くじ》いておりまして、辻駕籠を拾ってその場で娘を乗せまして、屋敷まで送ってまいったのでございます」

「ほう……。それで『本郷の真行家』と、名や住所《ところ》を知っておられたという訳か」

「はい。『真行』と、ごくめずらしい苗字でもございますゆえ、『もしやして……』と思いまして……」

西根はそう答えておいて、つとまた考える顔になっている。

そうして再び、この一件を報告に来た配下のほうへと向き直った。

「妹の葬儀というは、いつのことだ？」

「今日にてござりまする。まだ葬儀を始める前で、朝方、親類縁者が屋敷に集まってきたところに、兄で当主の倉之助が暴れかかったそうにてございますゆえ」

「…………」

と、何やら黙り込んだ西根に、十左衛門は声をかけた。

「西根どの」

「はい」

「貴殿がその『小夜どの』に会《お》うたのは、いつだ？」

「一昨々日《さきおととい》の昼八ツ（午後二時）頃にてございましょう。その際には、しごく明るく愉しげに話をいたしておりましたが……」

「さようか……」

十左衛門はうなずいて見せると、やおら西根のほうへと真っ直ぐに向き直った。

「どうだな、西根どの。この一件、やれそうにござるか？」

つまりは「この案件を任せてもいいのだが、いつものように平常心で担当できるか？」と訊いているのである。

すると西根も居住まいを正して、

「はい」

と、しっかり頭を下げてきた。

「ご筆頭。どうか是非にもやらせてくださりませ」

「相判《あいわか》った。なれば、さっそくにも頼む」

「ははっ」

誰に案内などされずとも、本郷の真行家の屋敷なら、道程も自分で判る。担当の配下たちの手配をすると、急ぎ西根は本郷へと向かうのだった。

二

結局たった一度きりしか会えなかったが、「真行小夜」は線の細い、どこか儚《はかな》げな印象の娘であった。

あの時は馬が落ち着いた直後に子供の母親が駆け寄ってきて、「申し訳ございません！」と、小夜にも西根にも何度も何度も頭を下げながら帰っていき、そのあとで小夜と初めて間近に話をすることとなったのである。

幼子を救わんとして、暴れる馬の前に飛び出してくるような娘だから、さぞかし元気で潑剌《はつらつ》とした風なのかと思っていたら、あまりに華奢《きやしや》でおとなしげな娘であったので、正直、西根は驚いたものだった。

「縦《よ》し馬が、あの男児を蹴り飛ばしでもしていたらと思うと、ゾッとする……。そなたのお陰で助かったぞ。礼を言う」

そう言って西根が深々と頭を下げると、

「とんでもございません」

と、小夜は慌てて手を横に振って見せてきたが、そのあとで小さく嬉しそうにこう言った。

「でもあの子に怪我がなくて、ほんとにようございました」

それだけの言葉なのだから、普通ならごく当たり前のやり取りで、西根《こちら》も「ああ、まことによかった」と、そう言って終《しま》いになるところであろう。

だがあの時のあの娘は、まるで自身が喜びを噛みしめている風で、そのやけに幸せそうな表情が、西根にもじんわりと改めて嬉しさを感じさせたものだった。

そんな真行小夜が、あの後ほんの一日か二日で自害したというのが、西根にはまだどうにも信じられないのである。

果たして西根が配下の者たちとともに本郷の真行家に着くと、屋敷のなかは玄関にまで、何やら草木をいぶしたような妙な臭《にお》いが立ち込めていた。

応対に出てきたのは、何と年配の武家の女人である。

小身《しょうしん》の御家人の屋敷ならともかく、普通は旗本の屋敷なら、玄関で客の応対をするのは必ず「男」と決まっている。たいていは用人《ようにん》か若党といった侍身分の家臣で、その家の妻女や隠居の母親、女中などといった女人たちは「奥」にいるべきものなので、外部から客が来た際の正式な応対には、出てこないのが普通なのだ。

それでもさすがに旗本家の応対に出てきただけのことはあり、玄関の土間に立った客人の西根たちに向かい、式台で正座してきた。

「目付の西根五十五郎にござる。こちらのご当主である真行倉之助どのが、今朝がた屋敷内にて刃傷《にんじょう》に及んだと聞き、城から参ったものだが……」

「まあ、これは、御目付さまでございましたか」

そう言って女人は慌てて平伏してきたが、さして緊張する訳でも、怖い訳でもないらしく、すぐにしっかり西根《こちら》へと顔を上げきた。

「私は、当主の倉之助からは伯母《おば》にあたります、真行佐智江《さちえ》と申します。狐に憑かれて暴れました倉之助に、今朝がた槍ではらわれて怪我をいたしましたのは、私の次男でございまして」

「ほう、さようか……。なれば、話は早い」

西根は大きくうなずいて見せると、やおらににんまりと笑顔を見せて、こう言った。

「しかしながら、ご次男が無事なようで何よりだ。江戸城《しろ》のほうには『狐に憑かれて暴れた』などと、やけに大仰《おおぎょう》な報告《しらせ》が入ってきたゆえ、さぞかし凄惨《せいさん》な現場であろうと覚悟しておったのだ」

「あの……」

と、前で佐智江が、不本意を顔に出してきた。

「伜《せがれ》の欣次郎《きんじろう》が『無事』というのは、どういう……」

どういう意味か、と訊きたいのであろう。親の佐智江《こちら》が「怪我をした」と言っているのに、たいして事情を知らないはずの西根が「無事」と口にしたことに、腹が立ったに違いなかった。

西根は「それ、きた！」とばかりに、いよいよもって機嫌よく、薄ら笑いを浮かべて言った。

「いやな、縦《よ》しご次男の『欣次郎どの』とやらが、大怪我で虫の息であれば、母御《ははご》のそなたがこのように、のんきに客の応対になど出てはおられぬであろうからな。それゆえ城の目付としては、ほっとしたという訳だ」

「……さようでございましたか」

佐智江はいい気分ではないようだったが、さりとて上手《うま》く言い返す言葉は見つからなかったようである。

さらに西根を喜ばせるようなふくれっ面で、こう言った。

「ご案内申し上げます。とにかくどうぞお入りに……」

「うむ。なれば、まず、倉之助どのがところに頼もうか。さしずめ皆で取り押さえて、座敷牢《ざしきろう》がごときに収めてあるのでござろう？」

「……はい。では、そちらに……」

反抗するのはあきらめたらしい。そのかわり佐智江は西根に背を向けてスタスタと歩き出し、雑な案内をし始めた。

もとより二百八十石高の幕臣に向けて幕府が与えた屋敷であるから、さほどに広い訳ではない。

玄関から奥へと続く廊下を、右手に庭を眺めながら歩いていくと、ほどなく離れの棟が見えてきて、いよいよ草をいぶすような臭《にお》いが強くなってきた。

見れば、その離れへの入口あたりに武家の男たちが三人いて、板敷きの床に胡坐《あぐら》をかいて話し込んでいる。

その男たちのもとへと佐智江が駆け寄っていったから、「城から目付が来た」とでも話しているのだろうと思っていたら、案の定、男たちは大慌てで居住まいを正して、西根《こちら》のほうへと平伏してきた。

「貴殿らも、ご親族でござるか？」

「はっ」

西根に声をかけられて、男たちは身を固くしたようだった。

「ではまずは、倉之助どのに会わせてもらおう」

「ははっ」

男たちに案内されたのは、二間《ま》続きの離れの奥のほうの部屋である。驚いたことに、その奥の一室だけは出入口が襖ではなく、片開きの板戸になっており、内部《なか》から自由に開かないよう、錠前《じょうまえ》がかかっていた。

「ほう……。いやまさか、まこと座敷牢に押し込めてあるとは思わなんだ」

「いえ、その……」

城からの「御目付さま」の物言いが、少しく批判的であるのを気にしたらしい。男たちのなかでも一番年嵩《としかさ》と見える五十がらみの男が、言い訳がましく答えてきた。

「この家はもとより『狐持《きつねも》ち』でございまして、倉之助の祖父にあたります先々代が、昔、屋敷の裏庭にあった稲荷の祠《ほこら》を邪魔にして取り壊しましてから、代々、狐に取り憑かれてございまして……」

「ほう。それで、かように『座敷牢』などと、空恐ろしき代物があるという訳か」

「はい。倉之助の父親でございました先代の当主・又右衛門《またえもん》も、四年前、四十の歳に狐に憑かれて亡《の》うなりましたほどで……」

人声や物音を怖がって、物置部屋にしまってある布団のなかに潜《もぐ》り込んでいるかと思えば、急に出てきて膝立ちになり、両手を獣風の握りに構えて顔を撫でたり、夜中に妙な遠吠えをして屋敷中を四つ足で駆けまわったりなど、とにかくまるで狐のようだったという。

「果ては、ひょいっと庭にあります大きな池を、飛び越したのでございます。何でも狐は水をたいそう嫌いますそうで、それゆえ池も、ひとっとびで越えたに違いございませんが……」

「さようか……。なれば、その『池』と申すが一体どれほどのものなのか、是非にも見ておかねばならぬな。先にそちらに案内《あない》してもらおうか」

飄々《ひょうひょう》として、わざと西根がそう言うと、男たちは互いに顔を見合わせて困っているようだった。

「実はもう、あの池は埋めまして、跡形もございませんで……」

「埋めた？　なぜだ？」

「当時、幾度も又右衛門めが、ひょいひょいと飛びましたゆえ、家人も我ら親戚一同も気味が悪うなりまして……」

「ほう……。なればまあ、そうしたことにいたしておこう」

狐狸妖怪《こりようかい》の類《たぐ》いなど、まるで信じていないのを前面に押し出して、西根は「ふふん」と嗤《わら》って見せた。

「いや、ですが、御目付さま……！」

自分を正当化しようとしてか、男は慌てて話を継ぎ足そうとする。そんな男を横目に、西根はひらひらと手を横に振って見せた。

「よい、よい。どうせ昔の話ゆえ、池などどうでも構わんのだ。それよりはその又右衛門だが、結句《けっく》、どうして亡うなったのだ？」

「江戸城《おしろ》へも、当時、死亡届《とどけ》はいたしましたが、『気鬱《きうつ》の病《やまい》の自害』にてございました。当時は庭の奥まったところに、小さな蔵がございましたのですが、又右衛門はそのなかで夜分に首を括《くく》りましたようで、翌朝、蔵の戸が開いているのに倉之助が気づきまして、見つかりました次第で」

「四年前と申すと、倉之助どのは、まだ十五ということか……」

「はい。もとより倉之助ら兄妹の母親は、二人がまだ十にもならないうちに病で亡うなっておりますので、真行の家は当時十五の倉之助と、十三の小夜との二人だけになりまして……。我ら親戚一同で倉之助に跡目を継がせ、一応は真行の家を守ったのでございますが……」

そこまで言って、つと、いかにも含みを持たせて男は黙り込んだ風《ふう》であったが、そんな男のわざとらしさが気に入らず、西根は口をへの字に曲げた。

「何だ？　『一応』というのは……。はっきりと申せ」

「いえ実は、又右衛門が憑かれて死んだその後も、この家からは狐が離れていきませんようで、つい一昨日《おととい》も倉之助の妹の小夜までが父親と同様に、結句、憑かれて、鼠《ねずみ》捕《と》りの毒をば飲みまして、自害をいたしましたので……」

「…………」

と、西根は黙り込んだ。

ならば自分と会った翌日には、毒を飲んだということになる。

勇敢にも、暴れる馬の前に飛び出してきたあの娘が、たった一日で人が変わったようになり、自ら毒を飲んだというのか。

「……とにもかくにも、倉之助どのに会いたい。開けてくれ」

「ははっ」

親戚の男たちの一人が、懐《ふところ》から錠前の鍵を出し始めた。

あの娘の兄というのがどういう男かは判らぬが、たった一人の家族である妹の葬儀の席で暴れたというのだから、何ぞ必ず理由があるはずである。

西根は開きかけた錠前を、じっと見つめるのだった。

三

「うわッ！　何だ、これは？」

板戸が開くと同時に、一気に廊下《こちら》へと流れ出てきた煙と臭《にお》いに、西根は思わず顔を手で覆っていた。

「相すみません。なにせ倉之助から『狐』を出さねばなりませぬので、松葉をいぶしました煙を室内《なか》に込めておりまして……」

「松葉だと？」

「はい。『憑いた狐を追い出すには、青いままの松葉を焚《た》いて、いぶし出すのが一等よい』と、そう聞きまして」

「…………」

西根は不機嫌に顔を歪めると、右手の袂《たもと》で鼻や口を隠しながら、部屋のなかへと踏み込んでいった。

こうした迷信は大嫌いだから、もう片方の左の袂で、わざと煙を右へ左へと派手に扇《あお》ぎ散らしながら、ずんずんと進んでいく。

すると、少しく薄くなってきた煙の向こうに室内の様子が見えてきて、布団が一組敷きのべられただけのガランとした座敷の片隅に、膝を抱えて小さくなって座っている倉之助らしき人影も見えてきた。

「こほっ、こほっ……」

どうやら咳《せき》をしているようである。

よく見れば倉之助は、抱えた膝の間に顔をうずめて、精一杯に煙を避けているようだった。

その倉之助が、部屋に入ってきた西根たちを見ようと顔を上げたとたんに一気に煙を吸い込んだものか、「ごほ、ごほ……！」とひどく咳き込み始めたのに気がついて、とうとう西根の堪忍袋《かんにんぶくろ》の緒はぶち切れた。

「人間《ひと》をいぶして何とするッ？　茶番はやめよッ！」

そう言って西根は倉之助のもとへと駆け寄ると、倉之助の腕を取って立たせてやり、煙から逃がすため、そのまま部屋の出入口のほうへと突き進んだ。

「やっ！　御目付さま、倉之助を外に出しては、また狐が……！」

「うるさい！　黙れッ！」

呆然《ぼうぜん》と何も言わずに、ただ腕を引かれるままになっている真行倉之助を、西根は部屋の外へと連れ出すのだった。


煙がいっさい身の周りからなくなっても、真行倉之助は暴れたりなどしなかった。

それどころか、まるで何やら人形のようで、母屋の座敷に連れ出して西根の前《こちら》に座らせてみても、うつむいてボーッと一点を見つめるばかりで、「うん」でもなければ「すん」でもない。

そんな真行倉之助に対し、西根は普通に目付方としての訊問をし始めた。

「拙者、目付の西根五十五郎にござる。そなたがこの屋敷の当主の、真行倉之助どのにて間違いはなかろうな？」

「…………」

「間違いなどございません。これがたしかに『倉之助』にございまして、当年とって十九にてござりまする」

黙ったままの倉之助に代わって答えてきたのは、少し下がった座敷の襖《ふすま》近くに居並《いなら》んでいるさっきの男たちの一人である。

横から勝手に出しゃばってきたのが気に入らず、西根は不機嫌に口の端を曲げたが、男はどこまでも鈍感なようで、喋るのを止めなかった。

「今朝がた槍を持って暴れましたのを、私ども皆で抑えて、一度は柱に縛りつけたのでございますが、それより以後はすっかりおとなしゅうなりまして、あの離れで縄を解いても、この調子でございまして」

「さようか……」

本当は倉之助と話がしたいから、こうしてしつこく出しゃばられて、西根は大いに気に入らないでいるのだが、倉之助当人があんな様子で黙りこくってしまっているので、仕方がない。

あらかたの経緯を聞くため、西根は男に向き直った。

「まずはそなたがお名をうかがおう。この真行家とは、いかな関わりであられる？」

「私は、こちらからすれば本家筋にあたります真行家の当主で、『真行羽左衛門《うざえもん》』と申しまする。今は亡き又右衛門は、私のすぐ下の弟にてございますので、倉之助からは『伯父《おじ》』にあたりますのですが……」

と、まだ先を続けようとしている羽左衛門の話を断って、西根は口を挟んだ。

「おう、なれば、槍ではらわれたという『倉之助どのの従兄《いとこ》』とやらは、そなたがご子息であられるか？」

「……はい。私の次男にてございまするが……」

今、西根があえて口にした「槍ではらわれた」という言い方が、武家の父親としては引っかかっているのであろう。こうしてムッとしているところを見ると、この羽左衛門という男は別に「鈍感」という訳ではなくて、真行一族の本家当主として、親族の集まりのうちでは威張っているだけなのかもしれなかった。

「して、ご次男のほうは、どこにおられる？　やはり、この屋敷のどこぞに寝かせておられるか？」

西根に訊かれて、今度は羽左衛門も、悪い気はしなかったようだった。

「いえ。我が屋敷も本郷にございまして、ここからも近うございますので、こちらに医者を呼びましして手当をいたしましてから、戸板にて自邸のほうに運びました」

「怪我のほうは、いかがだ？」

「はい。なにせ、いきなり暴れかかってきたものですから、そばにいたうちの次男が止めようといたしまして、倉之助が横にはらった槍先で、胸と腕とを斬られたのでございますが、幸いにして、さほどに深うはございませんでしたので」

「……さようか」

西根はそう答えたが、実は今、気になっているのは、その次男の怪我ではない。

今、羽左衛門が話している最中、倉之助が急につと、目をこちらへと走らせたのである。

それはごく一瞬のことで、すぐに元の通りにうつむいて、ボーッと宙を見つめる風に戻っていってしまったのだが、「羽左衛門をにらんだ」と見えた倉之助のその視線は、西根《こちら》がハッとするほどの鋭さを有していたのだ。

一体、羽左衛門の話のどこに倉之助が怒りを感じたものか、それを知るためには、誰に何を訊くのが得策か、西根は今、夢中で考えていた。

「あの……。御目付さま？」

急に西根がものを言わなくなったので、不審に思ったのであろう。こちらをじっと見つめている羽左衛門に気がついて、西根は何ほどもない顔をして、こう言った。

「これよりちと、ご次男にもお会いしとうござるが、よろしいか？」

「いや、それが……」

と、羽左衛門は小さく頭を下げてきた。

「傷は深うはございませんのですが、今は斬られて熱を出しておりまして、話のできる容態ではございませんで……。医者が申しますには、おそらく熱は二日、三日で治まるだろうということでございました」

「さようでござるか。なれば、またその頃にお訪ねをいたそう」

「ははっ」

これで話が終わったと見て、平伏してきた羽左衛門ら親戚の者たちに、だが西根はきっぱりと言い放った。

「これよりは、ここが屋敷は、我ら目付方の預かりといたす。この一件の調《しらべ》が相済むまでは、倉之助どのの身柄もここで我らが預かって、見張りもすべて目付方《こちら》にて行うゆえ、そなたらご親族は速やかにご退出願おう」

「え？　あの、ですが……」

急に邪魔者扱いされて、不本意であるらしい。羽左衛門は他の二人とも顔を見合わせてうなずき合うと、西根に向けて喰い下がってきた。

「またぞろ『狐』が暴れ出しでもいたしましたら、ご迷惑をおかけいたしましょう。代々の『狐持ち』で、厄介《やっかい》ではございますが、この家も我ら真行一族のうちにてございまする。倉之助の面倒は我ら一同で見ますゆえ、どうかご安心のほどを……」

「……ふっ」

と、鼻で嗤《わら》って見せたのは、もちろん西根五十五郎である。

「あのように人間《ひと》を平気でいぶすような真似をするゆえ、目付方《こちら》で預かると申しておるのだ。察してくれ」

「…………！」

言われてはっきり顔に怒りを表している羽左衛門ら親戚一同を、西根は平気で急《せ》き立てて、追い出すのだった。

四

羽左衛門の次男の快癒《かいゆ》を待つ間にも、目付方の調査は着々と進んでいた。

西根が今回、配下の要《かなめ》となる人物として選んだ徒目付は、梶山要次郎《かじやまようじろう》である。

梶山は徒目付のなかでは「中堅」といったところで、高木与一郎《たかぎよいちろう》や本間柊次郎とい った華々しい者たちに比べると、一段、地味ではあるのだが、人に好かれる生来の明るさや温かさを持っており、こたびのように情が絡むような案件の訊き込みは、きわめて上手くこなすのである。

自分には大いに欠けているそうしたところを補ってくれる配下として、西根はわりに梶山を買っていた。

その梶山が、まずは第一報として報告があるというので、今、西根は梶山と、目付方の下部屋《したべや》に呼んでいた。

「倉之助の屋敷に仕えている奉公人でございますが、今は一人もおらぬようにてございました」

「なに？　本当に、ただの一人もおらんのか？」

「はい。もとより女中や下女のたぐいは、先々代の頃より『狐』の噂を怖がって居つかなかったようなのですが、四年前の『又右衛門が自害』の後は、若党や中間《ちゅうげん》といった男の奉公人までが気味悪がって辞めてしまったそうでございまして……」

二百八十石の旗本家ならば、最低でも用人の仕事も兼任する若党が一人と、外出の際に供としても連れ歩く中間が二人ほど、それに奥や台所の仕事をこなす下女の一人ぐらいはいるのが普通だが、今の真行家にはそれが一人もいないというのだ。

こうなると幕臣武家としての体面も保てない。それゆえ必定《ひつじょう》、何かの折には、本家の羽左衛門のような親戚に助力を頼まねばならず、そのため余計、羽左衛門ら親類縁者に頭が上がらなくなっているのかもしれなかった。

「それでも半年ほど前までは、中間の老爺《ろうや》が一人、残っていたそうでございまして、私、その『喜助《きすけ》』と申す老爺に会うてまいりました」

半年前、喜助が真行家を辞めたのは、持病の腰痛がいよいよもってひどくなり、歩くのもやっとになってしまったからで、それまでは倉之助ら兄妹が外出の折には必ず供をしていたし、兄妹を手伝って屋敷や庭の掃除をしたり、炊事や洗濯をしたりしていたという。

「ほう……。なれば、その喜助とやらは、『狐がどうの』なんぞとくだらぬことは、言わなんだという訳か」

「はい。何でも喜助は、先代がまだ子供の時分からずっと勤めておりましたそうで、倉之助ら兄妹のことも心から案じている風が見受けられましたもので、小夜が自害で亡《の》うなったことも報せてまいりました」

今、喜助は大工をしている長男に引き取られて、その嫁や孫らとともに神田で暮らしているのだが、梶山から小夜の話を聞いたとたんに、身を揉んで泣き出したそうだった。

「小夜さまは物静かでお優しいお方だが、兄上の倉之助さまより芯がしっかりなさっているほどだから、きっとよほどのことがあったに違いない。倉之助さまが、槍など持ち出されたというのなら、それは何ぞか小夜さまの仇《かたき》を取ろうとなさったのかもしれないと、喜助は泣き泣き、そう申しておりました」

「仇討ちか……」

「はい。この半年の間に何があったか判らず、返す返すも自分のこの身体が恨めしいが、きっとそうに違いないと……」

「…………」

聞いて、西根は沈思し始めた。

おそらく喜助の言う通りなのであろう。

だが小夜に何かがあったとすれば、それは「この半年の間」などというぼんやりとしたものではなく、はっきりと「西根が小夜に会ったあの時から、一日か二日の間」と、限定されるに違いなかった。

あの日、幼い男児を救わんして西根《こちら》の馬の前に飛び出してきた真行小夜は、喜助が評するその通り、穏やかで優しいが、勇敢で芯が強くて、とてものこと簡単に自害するような娘ではなかったのだ。

倉之助が槍を持って暴れたのは、小夜の葬儀の席である。

ごく普通に考えれば、亡くなった日の晩が通夜となり、次の日が葬儀となるはずだから、葬儀の三日前に西根が小夜に会ったその後から一日か二日の間に、小夜が自害するほどの何かが起こったに違いなかった。

「これはもう、兄の倉之助に訊くよりほかに、なかろうな」

「はい。唯一、あの兄妹の身内がような喜助が聞かされていないというのでございますから、やはり……」

「うむ。なれば梶山、参るぞ」

「ははっ」

行く先はもちろん、本郷の真行家の屋敷である。

今も倉之助は「目付方の預かり」になっていて、あの屋敷には目付方の人間のほかには立ち入れないようになっているから、倉之助が何を話しても外部《よそ》に聞かれる心配はまるでないのだ。

向こうには目付方の配下が幾人も揃っている。梶山一人を供に連れると、西根はその真行家に向けて、馬を走らせるのだった。

五

着いた真行家の玄関前で「倉之助の様子はどうだ？」と、見張りの配下《もの》たちに訊ねると、西根の予想をはるかに越えて、難儀な状態になっているようだった。

「では、なにか？　満足に飯も喰わぬと申すか？」

「はい。日に一度、まだ初七日も迎えていない小夜のために、菩提寺の住職が訪ねてまいりまして経をあげて帰るのでございますが、その住職が、毎度、倉之助に説教をいたしておりまして……」

兄のお前さまがその様子では、亡《の》うなった妹御もお前さまが心配で、向こうで飯も食べられずにいるに違いない。小夜どのとともに喰うのだと思って、少しでもよいから口にしなさい、とそう言って、倉之助が何かを口にするまでは帰らずにいるものだから、仕方なく倉之助も、小人目付たちが用意してくる粥《かゆ》だの味噌汁だのを、その時きり、ほんの少しだけ口に入れるということだった。

「さようか……」

西根は小さくうなずくと、それ以上は何も言わずに屋敷のなかへと入っていった。

倉之助のいる先は、くだんの離れではなく母屋の奥座敷と判っているから、誰の案内も要らず、梶山と二人どんどん奥へと進んでいく。

だが、いざその座敷の前まで来ると、西根は後ろに控えている梶山を振り返って、こう言った。

「一人のほうがよかろう。そなたはここに残ってくれ」

「ははっ」

梶山を廊下に残して、西根は一人、閉じた襖に手をかけた。

「目付の西根五十五郎にござる。ちと入らせていただくぞ」

「…………」

室内《なか》から応えはなかったが、それは予想の内である。

そのまま静かに襖を開けて入っていくと、果たして倉之助は、部屋の中央にぽつんと敷きのべられた布団に仰臥《ぎょうが》して、ただただ目を開けていた。

西根がそちらに近づいて、布団の脇に胡坐をかいて座っても、倉之助はぴくりとも動かない。倉之助のその頬が、以前に見た時よりも明らかにこけているのに気がついて、西根は少し目をそらせた。

「喰うておられぬそうにござるな」

「…………」

だがむろん、倉之助からの返事などある訳がない。

「…………」

と、西根は後悔して、口をギュッと、への字に曲げた。

開口一番に「飯の話」なんぞをしてしまったのは、西根がこうした場面での訊問を苦手《にがて》としているからである。

おまけにこの兄妹は、こうして改めて眺めてみれば、顔立ちが似ていて、倉之助の白くて鼻筋の細い横顔に、あの時の小夜の笑顔が重なって見えたため、図らずも西根はうろたえて、つい安易に「飯の話」をしてしまったのだ。

その飯の話で、心なしか倉之助の横顔がさらに能面《のうめん》のごとくになったように見えることに、内心で舌打ちをしながら、西根は改めての一手を懸命に選んでいた。

「聞いておられるか否かは判らぬが、拙者つい先日、湯島の町場の通りにて、危ういところを小夜どのに救うていただいたのだ」

「…………！」

と、倉之助は、しごく一瞬ではあるのだが、目をこちらへと動かしたようである。

そんな倉之助の変化に勇気を得て、西根は先を言い始めた。

「いや……。あの際は、結句、小夜どのに捻挫をさせてしまい、まことにもって申し訳もなかったが……」

湯島町の通りを騎馬で進んでいたところ、不意に男児が横手から飛び出してきて、あわや男児を馬で踏みそうになったのを小夜に救ってもらったあの一件を、西根はまた改めて、倉之助に話して聞かせていた。

「急ぎ馬をなだめて駆け寄ったのだが、小夜どのは左足をひどく挫いておられてな、それでも『あの子に怪我がなくて、ほんとにようございました』と、そう言って笑《わろ》うてくれたのだ……」

あの時の「小夜どの」の嬉しそうで満足そうなあの笑顔が、どうしても頭から離れない。あんな笑顔を見せていた「小夜どの」が、なぜわずか一日か二日で自害にまで至ったものか、自分にはどうにも納得ができぬと、西根は本音を口にしていた。

「線は細いが芯のある爽《さわ》やかな娘御《むすめご》だと、そう思うておったのでござるよ。狐なんぞはおらぬゆえ、端《はな》からまともには聞いておらぬが、もしや『自害』ということ自体が真っ赤な嘘で、何ら誰ぞの陰謀《はかりごと》のごときがあるのではないかと思うてな」

「……陰謀ならございましたが、自害に間違いはございません」

「え？」

と、一瞬にして目を怒らせた西根に、倉之助は本気を感じたようだった。

「小夜は自害にござりまする」

だるい身体をようやく起こすと、倉之助はそこで精一杯に居住まいを正してきた。

「決まっておりました縁談の相手を、金で勝手に横流しされてしまったのでございます。本家の次男、真行欣次郎にてござりまする。欣次郎が、他家《よそ》から中継ぎの金を取りまして、小夜の相手に別の娘を縁付かせて……」

縁談の相手であった中川耕一郎《なかがわこういちろう》は、倉之助の道場仲間だそうである。

倉之助の家には「狐持ち」の噂があるため、道場に通ってはいても、皆、倉之助と稽古《けいこ》で打ち合うのを怖がって、ほとんど稽古もできずにいたのだが、中川だけは「狐が怖くて、油揚げが喰えるか」とそう言って笑って、平気で倉之助と組み合って稽古をしてくれたという。

「耕一郎は、始終《しじゅう》、平気で遊びに来ては、真行家《うち》で一緒に飯なども喰うておりましたので、小夜は自然と惹《ひ》かれたのでございましょう。耕一郎も憎からず思うてくれまして、去年ようやく耕一郎があちらの両親《ふたおや》を説得し、年明けには小夜を貰《もろ》うてくれることに相成っておりました」

中川家は家禄二百石の旗本家で、嫡男である耕一郎は、まだ家を継いではいないものの『大番方《おおばんかた》』の番士《ばんし》として、役高・二百俵で幕府のお役に就いている。

耕一郎が属する大番五組は、今は大坂城の警固の「大坂在番《ざいばん》」を勤めていて、一年交替の大坂在番は毎年八月が交替時期になっているため、六月初旬の今はまだ耕一郎は大坂であった。

その耕一郎の留守を狙って、倉之助ら兄妹にとっては従兄にあたる真行欣次郎が、小汚い小遣い稼ぎをもくろんだのである。

「欣次郎は、本家では部屋住《へやず》み（次男以下の居候《いそうろう》）で、『肩身が狭い』と始終嘆いておりまして、うちにもよう遊びに参っておりました」

「ほう。ではそれで、耕一郎どのと小夜どのが縁談のことも、聞き知っていた訳か」

「はい。以前よりしばしば耕一郎とも、ここで会えば話をいたしておりましたので、耕一郎の両親が『狐持ち』の噂のある真行家《うちけ》との縁組に、あまり乗り気でないことも、欣次郎はよう知っておりまして……」

　その中川家の両親の本音を利用して、欣次郎はこっそり中川家に出入りをし、

「耕一郎どのがいない今のうちなら、小夜との縁談を破棄して、別の他家との縁談を正式に進めてしまうことができましょう。お相手なれば、四百石高の旗本家の娘御がおられまする。よろしければ、すぐにもお繋ぎをいたしましょう」

　と、婚家との反りが合わずに出戻ってきた二十一の娘を、一体、幾らで中継ぎをしたものか、耕一郎の嫁として縁組をまとめてしまったのだ。

「こうした際《とき》に、我ら兄妹のように父も祖父もおらぬ者は、軽んじられてしまいまする。小夜との縁組の話など、まるで端からなかったかのように、何の相談も挨拶《あいさつ》もなしなのでございまして……」

　倉之助や耕一郎を知る道場仲間の一人が、「こんな噂を聞いたのだが、倉之助《おまえ》も承

知のことなのか？」と案じて教えに来てくれて、そこで初めて倉之助も小夜も、今の実状を知ったという。

「聞いて、急いで中川家に駆けつけまして、縁組を元の小夜《こちら》に戻していただけるようお願いをいたしましたが、もう内々に結納《ゆいのう》も交わしたとかで、取り合《お》うてもくださりませぬ。せめて私が耕一郎のように、何ぞ幕府のお役に就いてでもおりましたならば、私にも頼れる上役がおりましたでしょうし、さすれば、こうも軽んじられはしなかったものにと……」

中川家に談判に行ったがどうにもならず、倉之助があまりの悔しさで悶々と眠れぬ夜を過ごしていたその頃に、小夜は一人、自室で鼠捕りの毒を飲み、自害してしまっていたという。

「今になって考えれば、小夜が『湯島で子供を助けた』と、嬉しそうに報告をしてきた翌日の晩にてございました……」

そう言って倉之助は、膝の上で両手のこぶしを握り締め、ぶるぶると震えている。

そのこぶしに、今にも涙が落ちかかってきそうで、西根は思わず目をそらせた。

「して、耕一郎どのは、この一連をご存じか？」

「いえ」

と、倉之助は、はっきりと否定した。

「おそらくは、まだ知らずにおりましょう。私は報せてはおりませぬ。中川のお家でも、小夜が自害のこともございますし、何もむざむざ耕一郎には報せぬものと……」

「さようでござろうな……」

本当ならば、「なぜ耕一郎の帰りを待って、耕一郎とともに中川家の両親に掛け合ってみなかったのか」と、訊きたいところである。

だがおそらくは、小夜は賢く冷静に、自分や耕一郎の将来《さきざき》を読み取ってしまったに違いない。自分が耕一郎の両親に好ましく思われていないのは覚悟の上であったろうが、まさかこれほどまでに「狐の家の出身《で》」を嫌われていたとは思ってもいなかったのだ。

「耕一郎どのが戻ってくれれば、どんなにか両親の勝手に激怒して、もとの通りに『小夜どのを嫁に……』と奮闘してくれたことであろう。しかして無理に、そうして中川の家に嫁入ったところで、もうどうにもなるまいと、小夜どのは思われたのでござろうな」

「はい……。万事、兄の私よりも、聡《さと》くて優しい妹にございました。でも、やはり、私は……」

と、言いかけた倉之助から、とうとうぽたりと涙が落ちた。

あとはもう、何も言えるものではない。「でもやはり、私は……」のその続きが、西根には、声になって聞こえてくるようだった。

でも、やはり私は、妹に生きていて欲しかった。生きて、耕一郎や自分とともに、欣次郎や中川家と戦って、晴れて耕一郎と結ばれて欲しかったし、縦《よ》し仮に耕一郎の嫁になれずとも、兄の自分と二人で肩を寄せ合って、生き抜いて欲しかった。

そう心中《なか》で続けているのであろう倉之助が哀れで、どうにもならず、西根はとうとう立ち上がった。

「幕臣の不行跡《ふぎょうせき》は、目付の調査《しらべ》となるところだ。真行欣次郎が悪行《あっこう》は、必ずや目付《われ》方《ら》が糾弾《きゅうだん》いたす。お辛《つろ》うはござろうが、小夜どのとともに、いましばらく待っていてくれ」

「…………！」

答えの代わりに、はっきりと泣き出した倉之助を部屋に残して、西根は襖の外に控えていた梶山とともに真行家を後にするのだった。

六

小夜がなぜ自害して、なぜ倉之助が葬儀の席で欣次郎を目がけて暴れたか、そのすべてが判明した今となっては、急いで「真行欣次郎」に会いに行く必要はなかった。欣次郎は怪我で満足に話もできぬであろうからと、目付方《こちら》が快癒を待つ形になっているのである。この調子で油断をさせて、いわば時間を稼いでおき、その間に、欣次郎がした悪行の裏付け調査をしなければならなかった。

まず西根が目を付けたのは、なぜ欣次郎が都合よく「四百石の旗本家に、早く再婚させたい出戻り娘がいること」を知っていたか、という疑問であった。

耕一郎の中川家は二百石で、対して縁談の相手は、倍の四百石である。

普通であればそこまで格下の武家に嫁に出さずともよいはずで、今回は娘が出戻りで、それも二十歳を過ぎているから、急いで相手を見つけたかった訳だった。

そうした、いわば「武家《おいえ》の恥」を目ざとく嗅ぎつけて、「あちらの娘を、こちらの武家に」「こちらの武家の部屋住みを、あちらの家の婿養子に」と、さまざまな武家の足元を見ては高額な口利き代を請求する「中継ぎの商売」を、欣次郎もしているのではないかと考えたのである。

むろんそうした「中継ぎ」が、すべて悪という訳ではない。

武家にとって息子や娘の婚姻は、当人たちの幸せや喜びもさることながら、その家自体がこの将来《さき》に興隆したり、衰退したりする可能性を秘めた一大事《いちだいじ》なのである。

第一、縁談などというものは、そうはっきりと「欲しい相手の条件」を当人どうしで言い合えるものではないから、両家の間に第三者が立って、その手助けをしてくれるというのは有難く、その手間や気遣いに感謝して、お礼に金子《きんす》を渡すというのは、ごく当たり前のことなのだ。

だがそこに高額な口利き料が発生しているとなると、俄然《がぜん》、話は変わってくる。

普通とはいえない額の礼金を支払う裏には、そうせざるを得ない「弱み」が隠されている場合が多い。

その弱みにつけ込んで、法外な口利き料を平気で請求するようであれば、それはもう一種の「恐喝《きょうかつ》」であった。

幕府は、武家であろうが、町人や百姓であろうが、「恐喝」を許さない。「盗み」はもとより「掏摸《すり》」も「詐欺《さぎ》」も「恐喝」も、他人《ひと》から違法に金を盗る手口の一つとして厳罰に処されるのだ。

したがって、もし欣次郎が恐喝に値するような「縁組の斡旋業《あっせん》」をしているのであれば、それは当然、西根ら目付方の取り締まりの対象となった。

そのあたりを疑って配下たちを手配し、いっせいに調べを進めていた梶山が、西根のもとへと報告に来たのは、五日後のことだった。


「やはり真行欣次郎は、怪しげな金貸しや、諸家の渡り中間たちと浅からぬ繋がりがございました。つい三日ほど前からは怪我の身体を押しまして、日中は諸方の金貸しをまわり、夜分には知己《ちき》らしき中間たちに酒食をおごりと、あれこれと聞き込んでおるようにてございました」

「ほう……。そうして諸方から『商売の種』を掻き集めておるという訳か」

「はい。今日などは、本郷の自邸から小石川《こいしかわ》まで歩きまして、どうやら一件、縁談の取りまとめまでしてきたようにてございました」

「……ふん。『斬られて、熱が出た』などと申しても、所詮《しょせん》がその程度の浅手だったということよ」

「さようにございますね」

今、西根と梶山は、例によって目付方の下部屋で話している。

梶山ら配下の奔走のおかげで、欣次郎が「恐喝まがいの縁談の斡旋業」をしている事実が、存外早く証明されそうだった。

「して、中川家が、欣次郎に言われて乗り換えた『四百石の旗本』というのが、どこの武家だか判ったか？」

「はい。名は『大原《おおはら》』と申しまして、今はその娘の長兄が、お役高・三百五十俵で勘定組頭《かんじょうくみがしら》をしているそうにてございました」

娘は名を「千紗《ちさ》」といい、十八の歳に家禄四百五十石の旗本家に嫁入ったのだが、どうにも姑《しゅうとめ》と反りが合わず、まだ子も生まれてはいなかったため、昨年とうとう離縁となったそうだった。

「『口利き』の額はどうだ？　大原《おおはら》家が欣次郎に幾ら出したか、判ったか？」

「申し訳ございません。そこがまだ、どうにも判りませんで……」

欣次郎の縁談の中継ぎが「違法」といえるか否かは、ひとえに口利き料の額の高低にかかっている。それが判っていながら、大原家が幾ら出したかどうにも調べがつかないことに、梶山は本気で焦っているようだった。

それがそのまま顔に出て、何ともすまなそうにしている梶山に、めずらしくも西根から庇う言葉がつるりと出た。

「まあ、さようであろう。『口利きに幾ら出したか』なんぞというものは、当人にしか判らぬであろうからな」

「お言葉、有難うござりまする」

素直な性格の梶山は、これも本気で嬉しいらしい。

その素直さに当てられて、西根は調子を崩されながら、こう言った。

「なれば、そろそろ欣次郎がところへ談判に参るぞ。不意打ちを喰わせるなら、何処《どこ》に、何時《いつ》がよさそうだ？」

「あやつがネタの仕入れに参りますのは、やはり中間たちの集まる飯屋や酒屋が多うござりまする。夕刻、屋敷を出る際は、十中八九そうした場所《ところ》にございましょうゆえ、それを尾行《つ》ければ……」

「相判った。ではさっそくに参るぞ」

「ははっ」

行き先は、むろん本郷にある真行一族の本家屋敷である。今すぐに江戸城《ここ》を発てば、夕刻前には本郷に行き着くであろう。

欣次郎に吐かせるには、いかにするのが上策か、西根は早くも考え始めるのだった。

七

この日、真行欣次郎が向かった先は、麹町の二丁目にある安手の居酒屋であった。

麹町は、内堀に架かる『半蔵御門橋』前に位置する麹町一丁目から始まって、外堀の『四ツ谷御門橋《よっやごもんばし》』の前にある麹町十丁目まで、東西を繋げて延々と続く、長い大きな町である。

そんな麹町の北側には、番町《ばんちょう》の武家地が広がっていて、五、六百家は下らない中小の旗本屋敷が、その門を連ねていた。

つまりはそうした旗本家に勤める中間たちが、飯を喰ったり、飲んだりと、非番の日や夜間に遊びに来る繁華街が、麹町なのである。

西根と梶山をはじめとした数名の目付方一同は、雑多な繁華街で目立ってしまわぬよう、自分たちも旗本家勤めの若党や中間の格好をして、欣次郎の行き先をさりげなく追っている。

ネタの仕入れを目的としているのであろう欣次郎は、一夜の間に何軒も顔を出すつもりのようで、もう早くも四軒目に突入していた。

この変装であるから、欣次郎が入っていく居酒屋に後追いで入店しても、いっこう怪しまれることはない。

西根たちは二人ずつに分かれて、自分たちも欣次郎の後を追って入店し、できるだけ欣次郎の席の近くに陣取って、会話が聞けるよう頑張ってはいるのだが、さすがにそうは都合よく、近くが空いている訳もない。

それでもこの四軒目、旗本家の若党らに扮した西根と梶山が、日頃の勤めの鬱憤《うっぷん》を晴らす体《てい》で、やさぐれて入店してみると、多少、運がよいことに、ギリギリで会話が聞けるかもしれない欣次郎の近くの「小上がり」の席が空いていた。

小上がりは、武家身分の客たち用に造られた畳敷きの席で、町人はもちろん、町人の部類に入る中間たちにも、あまり使わせないのが普通である。

それというのも酒場では、えてして泥酔した客が隣の客に絡んだりすることもあるため、そうした際に武家に絡んで大変なことにならないようにと、店側が配慮してのことだった。

見れば今、欣次郎が話している相手も、中間ではなく侍で、それも「若党」というよりは「用人」といった風情の、品のよい初老の侍である。

品がよいのも、こうした際には邪魔になり、欣次郎に向けて何やら喋っている声も、やたら小さく穏やかで、はっきりとは聞こえない。

それでも西根《こちら》は精一杯にさりげなく横目でこっそりと眺めていたら、用人らしきその侍は、何か喋ったその後に、自分の懐から明らかに「金包み」と見える代物を取り出して、スッと欣次郎に差し出した。

「お有難う存じます。どうぞ、よしなに……」

と、欣次郎は頭を下げながら受け取って、そう言ったようである。

「……梶山」

「はっ」

鋭く目配せをし合うと、西根は梶山と左右に分かれて、欣次郎とその侍とが逃げないよう退路《たいろ》を断った。

「………………！」

叩けば埃《ほこり》の出る自分であるから、欣次郎は「捕まる！」と、すぐに気づいたのだろう。本気を出して、店の出口へと逃げにかかった。

「川根《かわね》！　山本《やまもと》！　増島《ますじま》！　出るぞ！」

「ははっ」

西根の声を聞きつけて店の出口を塞《ふさ》いだのは、外に控えていた数人の配下たちで、欣次郎はすでにすっかり退路を断たれて、動けぬようになっている。

突然の捕縛《ほばく》の場面に、店のほかの客たちも「何が何だか判らないが、もしやして自分も……?」と思うのか、立ち上がったり、逃げかけたりの大騒ぎとなっていた。

厨房《ちゅうぼう》からも店の主人や品運びの女たちが顔を出して、「何の『手入れ』が入ったものか……」と、おどおどと身の処し方に迷っているようである。

その店主たちの様子を背中で感じ取ると、西根は欣次郎から目を離さぬままに、声だけを張り上げた。

「ご亭主、安心なされ！ 我らは江戸城《しろ》の目付《めつけ》方だ。捕縛すべきはこの者らのみゆえ、店にも客にも手は出さぬ！」

「へ、へえ……」

と、その店主の声を契機《けいき》にしてか、欣次郎が突然、今度は逆に店の奥へと向かって駆け出した。

バッと西根が腰の刀に手をかけて進路を塞ぎ、梶山ははっきりと刀の鯉口《こいぐち》を切って、欣次郎に真正面から相対した。

その梶山に加勢して、外から入ってきた配下たちも、それぞれに大刀に手をかけて構えている。

町場では万が一にも周囲に怪我人を出さぬよう、安易に刀を抜くことは禁忌されていて、それゆえ西根も梶山たちも、こうしてなるだけ「刃傷《にんじよう》なし」で取り押さえるべく、我慢しているのだ。

「……退《ど》けッ！」

そう言って、自棄《やけ》になったように震える手で刀を抜いてきたのは欣次郎で、次の瞬間、

「わあーッ！」

と、自分に声をかけて抜刀のまま突進してきた欣次郎の手元に、梶山が抜いた刀が閃《ひらめ》いた。

「うッ……！」

刀をその場にポロリと落とし、右手の甲を左手で押さえてしゃがみ込んだのは、真行欣次郎である。

梶山がわざと浅く斬ったその一太刀で、欣次郎は無事、捕縛となったのであった。

八

西根がこの一件を報告して、目付方の下部屋にて「ご筆頭」と余人を入れずに話をしたのは、数日後のことである。

「なれば、その欣次郎は、二十両もの『口利き』を取って、養子の口の中継ぎをいたしておったという訳か……」

「はい。やはり相手は旗本家の用人でございました。八百石の『槍田《やりた》』という武家《いえ》だったのでございますが、その槍田の三男が放蕩者《ほうとうもの》で貰い手が見つからず、仕方なく欣次郎めに金を出して頼んで、六百石の婿養子に収まったということで」

「まあ、金を出して頼む武家《ほう》には違法はないゆえ、槍田家については『構いなし』でよかろうが、その真行欣次郎なる部屋住みは、厳罰に処さねばならぬな」

「はい」

渡り中間や金貸しから、「諸武家の恥部」についての情報を定期的に買っていた欣次郎は、西根や梶山が読んでいた通り、ほとんど恐喝に近い形で、口利き料に大金を取っていた。

「両側に隠したき『弱み』があれば、双方から金子《きんす》をせしめることができまする。欣次郎は、常にそれを狙って中継ぎをいたしておりましたようで、その『中継ぎの腕』を自分で褒めまして、『ああして双方、脛に傷持つ身であれば、安易に互いを責められぬゆえ、末永く縁が続くというものよ』と、悦に入り、開き直っておりました」

「何だな、それは……。胸糞の悪い」

つい十左衛門までが、いささか品のない言葉を発してしまったが、いつもなら人の揚げ足を取ってニヤリとしそうな「西根どの」が、今日は何やらおとなしい。

十左衛門は考えて、「そうか……」と心中で思い出していた。

おそらくは、好きな耕一郎《おとこ》と添い遂げられずに自害してしまった小夜のことを、改めて思い出しているのであろう。

少しく顔を伏せて、沈思しているらしい西根五十五郎に、十左衛門はわざと普通に声をかけた。

こうした際《とき》は、かえって「ただの目付」らしく、平らかにその案件の経過や処置についてを判断しようとするほうが、気持ちに逃げ場が作れるのだ。

「して、西根どの。くだんの真行倉之助や、中川耕一郎が両親《ふたおや》については、結句、どうなされた？」

「はい……」

西根は十左衛門《こちら》に目を上げると、暗い表情をそのままに、こう言った。

「実はその、いまだ倉之助の真行家には足が向かず、欣次郎の捕縛をいたしましたことも、伝えておらぬのでございまして……」

「さようか……」

十左衛門も言葉少なに、うつむいた。

自他ともに認めるように、西根は普段、決して素直な性質《たち》ではないのだが、時折、何を契機にしてか、十左衛門にはふっと弱さを見せることがある。

今日もおそらくはその伝《でん》で、こうした時の「西根どの」は、いつにも増して寡黙《かもく》になってしまうから、こちらから話をせねば、このまま煮詰まってしまうはずだった。

十左衛門は精一杯に言葉を選びながら、口を開いた。

「欣次郎が捕まらず、まだ心がざわついておるうちは、芯から腑抜《ふぬ》けはいたさぬゆえな……。これで『捕縛』と聞いてしまえば、真行倉之助は、たしかに将来《さき》をどういたせばよいものか、おのれの身の置き所を失くしたようになるであろうが……」

「はい……」

と、西根はうなずいてきたが、やはりそれだけで何も言わない。

その西根から、自分のほうでも視線をずらして、十左衛門は問わず語りに話し始めた。

「身を寄せ合ってきた妹を失うて、本当《まこと》に独《ひと》りとなるのだから、その怖ろしさたるや想像を絶するものであろうと思われるやもしれないが、不運にもそこに極《きわ》まって沈んでしまえば、静けさはある。両親《ふたおや》を失い、妻を失いして、儂《わし》も底には沈んだが、失うもののまるでなき生活《くらし》は、平穏ゆえな。倉之助どのも、いずれはそこに我が身の置き所を見つけられるに相違ないて」

「ご筆頭……」

西根はようやくそれだけ言ったが、あとはもう、どうにもならない。

たしかに自分が「ご筆頭」に甘えて、二人して分け合いたかった胸苦しさは、言葉に直せば、そうしたことであるのだろうが、西根《じぶん》にはあまりに重い代物である。

だが今こうして「ご筆頭」に、ドンと重石《おもし》を載せられたことで、西根はかえって、自分の目付としての役割《しごと》に立ち返ることができていた。

「拙者、これより倉之助どのがところに参りまして、欣次郎捕縛の一切を伝えてまいろうと存じまする」

「うむ。それがよかろうな」

「ははっ」

西根は畳に手をついて、改めて頭を下げると、一足先に下部屋を出ていくのだった。

九

「やっ、では……！」

「ああ。欣次郎が『縁談の中継ぎ』は、しごく悪辣《あくらつ》でござってな。諸家の弱みにつけ込んで、十両だ、二十両だと口利きの代をむしり取っておったのだ。あれはもう『中継ぎ』というよりは、『恐喝』ゆえな。いずれは上《うえ》つ方《かた》より、極刑の沙汰が下りるに間違いはなかろうが……」

「さようでございますか……」

そう言って倉之助は、つと横手に目を下げた。

今、西根は梶山ら配下たちをすべて人払いして、倉之助と二人きり、相対で話し始めたところである。

今日は昼過ぎに「ご筆頭」と別れて、城を出てきたのだが、途中、幾つか立ち寄らねばならない場所《ところ》があって、本郷の倉之助の屋敷に着いた時には、すでにすっかり日が落ちていた。

「すでに欣次郎は御沙汰を待って、母方の遠縁に『預けの身』となっておる。本家の羽左衛門ら夫婦にも、倅の犯した悪行についてはすべて話して聞かせたゆえ、覚悟はいたしておることであろうよ」

「はい……」

そう返事はしてきたが、倉之助は何を思っているものか、伏せた目はまた宙を見つめている。

そんな倉之助の表情に、やはり正直、内心で怯えながらも、この先の倉之助の生活を慮《おもんぱか》って、西根は言った。

「貴殿が欣次郎を襲った経緯についても、目付方《こちら》よりとくと伝えておいたが、果たしてあの両親が、素直にそなたに詫びるかどうか……」

「…………！」

その一瞬である。向かい合わせに座っている倉之助が、前ではっきり、怒気を出してきたようだった。

「倉之助どの、どうなされた？」

「…………」

見れば倉之助は、唇をあまりにきつく嚙んでいて、今にも切れて血が滲んできそうな様子である。

「いや、倉之助どの。さように口を……」

と、言いかけた西根の言葉を断ち切って、いきなり倉之助はこう言った。

「やはり私がこの手にて、突き殺しとうございました」

「え……？」

突然に言われて、西根が一瞬、絶句してしまっていると、倉之助は重ねてきた。

「まこと突き殺しとうございましたのに、その最後の一突きがどうにも突けず、欣次郎を前にして手が止まってしまいまして……」

額に手を当てて顔を覆うと、倉之助はくぐもった声で、こう言った。

「本当に情けない話でございます。小夜があぁして泣き抜いて、死なねばならなくなりましたというのに、その仇を目の前にして、とうとう突けず……」

「倉之助どの……」

そう言って、早くも次の言葉が出なくなっている自分が、西根も情けなくてたまらなかった。

こうした相手《ひと》を前にしてしまうと、自分は俄然、弱くなってしまう。

いつものように辛辣に、冷静でいたいと思うのに、こうして心底から嘆かれてしまうと、突き放すことができずに、ともに溺れてしまいそうになるのである。

目付としては、はなはだしくよろしくない自分のこうした甘さを、西根はいつも心底から恥じて、隠していた。

「まことに口惜しゅうござりまする。あの時、一突きにいたしておれば、このように苦しい思いは……」

「…………」

身を揉んで泣き始めた倉之助を、西根はただ辛《つら》く見守っていた。

今日、城で「ご筆頭」は、

「極まって底に沈めば、静かな平穏がある」

と言われていたが、今、目の前にいる倉之助には、まだ当分、静けさや平穏などは訪れてはこないのであろう。

この先、欣次郎に正式に沙汰が下って「切腹」になったとしても、倉之助の自分への嫌悪や後悔は、引き続いていくに違いない。

いつかは時間《とき》がすべてを押し流して、倉之助にも、せめて「静かな平穏」とやらが訪れてくれればよいのかもしれないが、そうして静かに仙人のごとくに生きるのと、後悔の業火《ごうか》に胸を焼かれながらも、若者らしく悩んで生きていくのとでは、どちらが「まし」といえるのであろう。

だがとにかく倉之助には、生きて、寝て、喰って、立ち上がって欲しかった。

「倉之助どの」

身を伏せて泣いている倉之助の背中に、西根は言った。

「ちと節介《せっかい》が過ぎるというものではあろうが、ここに参上する道すがら、神田に寄って『喜助どの』と同道してまいったのだ。喜助どのは、だいぶん腰が良うなられたそうでな。こちらに奉公に戻るところだと申されたので、拙者が駕籠に乗せてまいった。今は奥にて、飯の支度をされておる」

「…………」

倉之助はしゃくり上げながらも、わずかに顔を上げたようである。

そういえば、さっきから微《かす》かに漂ってくるこの匂いは、飯を炊く匂いなのかもしれなかった。

大坂在番から戻ってきて、倉之助からすべてを聞き知った中川耕一郎が、両親が決めた縁組を無理に破棄して、三十両の結納金に詫び料の五両も足して相手方に返したのは、八月も終わりのことである。

その中川耕一郎が、昔と変わらず、倉之助のもとに遊びに来てくれているというのが、西根には、今は何より嬉しかった。

第四話　入《い》れ子《こ》

一

江戸の日本橋からおよそ三十五里（約百四十キロメートル）というところ、江戸と京とを結ぶ街道である『中山道《なかせんどう》』の坂本宿《さかもとしゆく》と軽井沢宿《かるいざわしゆく》との間に、『碓氷峠《うすいとうげ》』と呼ばれる難所の峠道があった。

上野国《こうずけのくに》と信濃国《しなののくに》との境に位置するこの碓氷峠には、旅人が必ず立ち寄らねばならない『関所《せきしょ》』がある。

幕府は、江戸や京、大坂といった主要都市を結んでいる街道の要所要所に「関所」を設けて、そこを通る者すべてを漏れなく身元確認することで、罪人や政治犯といった危険人物が簡単に諸方へ移動できないようにしていて、ここ碓氷峠にも、そうした関所の一つが作られていたのだ。

　その碓氷の関所から、ある日のこと、江戸城の目付部屋へ向けて報告《しらせ》の文が入ってきた。

「こたび武家の男女の『関所破《やぶ》り』がございまして、当方にて、きつく訊問をいたしましたところ、女は旗本家の妻女で二十五歳の『西山志麻《にしやましま》』、男は西山家家中の用人で三十六歳の『田川績三郎《たがわせきさぶろう》』にて、密通《みっつう》をいたしたうえの駆《か》け落《お》ち者でございました。この二名につきましては、しばし関所《こちら》に留め置きまして、詮議を続ける所存にてございまする。よって『江戸送り』の日程につきましては、また再度ご報告をいたしたく、さようご承知のほどを……」

　と、そうした内容のものであった。

　関所破りというのは、わざと街道を離れて「道なき道」を通り、関所で身元調べを受けるのを回避することである。

　こたび通報のあった二人は駆け落ちの男女ゆえ、『手形《てがた》』と呼ばれる身分の証明書も持ってはおらず、おまけにもし見つかれば厳罰を受けることが確実な「密通」をも犯しているため、関所を通ったら最後で、捕まるのは必定《ひつじょう》なのだ。

　それゆえきちんと整備された街道ではなく、人の通らぬ険しい獣道《けものみち》をこっそり抜けて、碓氷峠を越えようとしたのである。

だが関所を守る役人たちには土地勘があり、そうした「関所破りをもくろむ者たち」が山のどのあたりを通っていくか、おおよそのところ読めている。

今回の関所破りの二人も結局は捕まって、女の身分が旗本家の妻女だったために、江戸の目付方まで報告《しらせ》が入ったという訳だった。

ところがこの一件の報告には更に続きがあり、駆け落ちした西山志麻の夫で三十歳の「西山平七郎《へいしちろう》」という旗本が、どうやら本当は旗本身分の者ではないらしい、とのおまけの報告までが付け足されていたのだ。

平七郎が武家の身分の者ではないことを暴露したのは、妻の西山志麻であった。

「実は夫の平七郎は、元はどこかの大店《おおだな》の長男らしゅうございますのですが、不出来で店を継《つ》がせられず、結局は出来のよい次男が継ぎましたそうで、それを哀れに思った父親が大金《たいまい》を出しまして、平七郎を武士《さむらい》にと……」

志麻は自分の密通が露見して、田川績三郎と添い遂げることができなくなったばかりか、罪人として厳罰を受けねばならないことが確定してしまったため、もうすっかり自棄《やけ》になって、すべて話してしまったのであろうと思われた。

江戸城本丸御殿の目付部屋で、この一件の報告書を「妹尾さまに……」と名指しで受け取ったのは、目付方で筆頭を務める妹尾十左衛門であった。

それというのも、もし妻女の志麻の言う通り、西山平七郎が旗本身分の者ではなく町人であったとしたら、それは幕府が常々厳しく禁じている幕臣武家の「偽籍工作」にあたり、幕臣を管轄する目付方と、町人を管轄する『町方（江戸町奉行方）』とが、互いに連携し合って調査を進めていく形をとらなければならないからだった。

果たして十左衛門もこの案件の調査を始めるにあたっては、義弟で『徒目付組頭』の一人である橘《たちばな》斗三郎《とさぶろう》を自分の右腕として呼び出して、「西山平七郎」なる旗本について調べ始めるよう命じたものである。

するとその翌日の夕方には、早くも橘斗三郎は、ある程度のところまでの調べをつけて、十左衛門のもとへと報告に来たのだった。

二

「西山家は家禄のほどは四百三十石にて、屋敷は千駄ヶ谷《せんだがや》にございますが、当主の平七郎は五年前に来た婿《むこ》養子で、西山家の血筋は妻女の志麻のほうにてございました」

「ほう……。では、妻女は己《おのれ》の家をうち捨てて、家臣を取ったという訳か」

「はい」

今、二人が話しているのは、いつもの目付方の下部屋である。ここならば他人《ひと》の耳を気にせず話せるため、ことにこの「義弟」と二人きり城内で話をするのなら、ここが一番、十左衛門には気楽であった。

「して、駆け落ちの相手となった『田川』というほうは、判ったか？」

「はい。田川績三郎は『用人』でございまして、西山家に代々に亘《わた》って仕えてきた古参の家臣らしゅうございます。なんでも績三郎の父親が、志麻の祖父や父に仕えて用人をしていた時分から、績三郎自身も子供ながらに若党として、あれこれと立ち働いておりましたそうで……」

斗三郎の聞き込みに応じて、西山家の内情を詳しく話してくれたのは、元は西山家で三十年あまりも女中をしていたという老女である。

西山家は代々『勘定方《かんじょうがた》』の家系であり、志麻の父親である先代も、祖父である先々代も、役高・五百石の『勘定吟味役《ぎんみやく》』にまで出世したなかなかの人物であったらしい。

だが志麻の父親は、五年前、婿の平七郎を迎えて半年と経たないうちに、急な病《やまい》で亡くなってしまい、隠居していた母親も、三年前に持病の疝痛《せんつう》を悪化させて亡くなってしまったという。

そんな「お可哀相《かわいそう》なお嬢さま」を守って働いていたのが、古くからの家臣である用人の田川績三郎と、女中頭《がしら》であった老女で、だが去年とうとう六十を過ぎたため暇《いとま》乞《ご》いをして西山家を去り、今まで蓄えた金子《きんす》で借家住まいを始めたそうだった。

「その『おつた』と申す女中頭は、もとは西山家所領の百姓家の娘でありましたそうで、一度は村で嫁に行き、『子が出来ぬ』というので離縁になって出戻っておりましたところを先々代に拾われて、女中として江戸に出てきたそうにございました」

そんな昔の恩義もあったため、おつたは西山家を「生涯の主家《しゅか》」としていて、志麻のことも大事でたまらないようだった。

「それゆえ『志麻と田川が駆け落ちをして、関所破りで捕らえられた』と私が申しましたら、もうどうにも、居ても立ってもいられぬようになりましたようで……」

今日これからすぐにでも江戸を出て、その碓氷の関所まで急いで志麻に会いに行くと言い出して、泣きながら支度を始めようとしたという。

「碓氷に行っても会わせてはもらえぬから、江戸に移送されてくるのを待てと、ようやくなだめてまいりました次第で」

「さようか……」

おつたや田川のような古参の家臣たちが、そうやってがっちりと志麻を守っていたのなら、婿に来た平七郎が疎外感を覚えていたとしても不思議はない。必定、夫婦は互いに歩み寄ることもなく、気持ちも離れたままであり、こたびがような結末になったのかもしれなかった。

「して、その『おつた』と申す者は、婿に来た平七郎の出自についても、何ぞか知っていたようか？」

「いや、義兄上《あにうえ》、まさしくそこでございまして……」

と、斗三郎は、この場には自分ら義兄弟《きょうだい》二人きりしかいない気楽さで、一膝《ひとひざ》、前に寄ってきた。

「私、おつたに好きに喋らせておきましたゆえ、結構長くあれやこれやと昔話をしておったのでございますが、出るのは志麻や先代の夫婦や、その上の先々代の話ばかりで、現当主の平七郎については『良い』とも『悪い』とも申しませんので……」

もしそれが「平七郎の出自」を知っていて、わざと踏み込まずにいたのであれば、斗三郎《こちら》が安易に「平七郎が武家ではないと知っていたか？」などと口に出してしまう訳にはいかない。

幕臣の偽籍工作は、それに関わった者すべてに軽からぬ罰の下る重罪である。

先代の頃に西山家が初めから、「平七郎は幕臣武家の身分ではない」と知っていて、それでも娘の婿に取ったのか、はたまた婿に入ってから何かの折に、「実は、自分は大店の長男だった」と平七郎自身が志麻に話してしまったのか、そのどちらが事実なのかで、西山家が偽籍工作の罪を問われるか否かが変わってくる。

婿として平七郎を迎える時点で西山家が知っていたなら、それはおそらく西山家も、大金《かね》をもらっての縁組であったに違いない。そうでなければ、何もむざむざ「幕臣武家ではない者」に、大事な娘や西山家の身代を与えようとは思わないであろう。

そうして先代が「知っていて」平七郎を娘の婿に迎えたのなら、女中頭として奥を取り仕切っていたのであろうおつたには、あらかじめ知らせておいたに違いない。これから婿に来る者は商家の倅《せがれ》であり、したがって武家の生活《くらし》にすぐには馴染めないであろうことを、女中頭に伝えずに済むはずはないのだ。

つまりは、おつたが「知っていたのか、いないのか」で、西山家自体が罪に問われるか否かが決まるということで、それゆえ目付方《こちら》は「知っていたか？」と、安易には訊けないということだった。

「こちらには、その場は『知らぬ』と申しておいて、後で西山の屋敷に注進に走り、大事な主家を守ろうとするやもしれませぬゆえ、とりあえずはいっさい何も平七郎がことには触れずに、帰ってまいりました。けだし、万が一にも西山平七郎が出奔《しゅっぽん》など考えますと面倒でございますので、見張りはつけてござりまする」

「おう、そうしてくれたか」

十左衛門は、身を乗り出した。

相も変わらず、この義弟《おとうと》の読みの良さ、手配の良さは、天下一品である。

十左衛門は、嬉しく誇らしさを感じながら、こう言った。

「して斗三郎、まずはどこをどう、切り崩していくかだが……」

「はい」

と、斗三郎も、いよいよもって身を近づけてくる。

その義弟に、十左衛門は、話の先を進めて言った。

「平七郎が周辺をそのままに調べても、埒《らち》が明くまい。縦《よ》し本当《まこと》に平七郎が商人の倅であれば、これは『入《い》れ子』だ」

入れ子というのは、幕臣武家が不正に家督相続をするために、本当は自分の子ではない者を「自家の実子」として、幕府に嘘の届出《とどけで》をすることである。

つまり「入れ子」も偽籍工作の一つであるから、皆さまざまに幕府にバレないよう、あの手この手を考える訳なのだが、手口としてよく使われるのは、偽の『丈夫届《じょうぶとどけ》』

を出すことであった。

幕府は武家に、子の出生届の形の一つとして『丈夫届』というのを認めている。

生まれてすぐに出生届を出さずとも、

「私には今年○○歳になった『何某《なにがし》』という名の息子がおりまして、お陰さまにて、丈夫に育っております る」

といった内容で、生まれて幾年経った後でも、自分の家の跡継ぎにもできる息子として、申請してしまえるのだ。

なぜ幕府がこんな妙な形の出生届を認めているかといえば、何万といる幕臣武家に生まれた子供すべてについて出生届を出されてしまったら、とてつもない数になり、処理も把握もしきれなくなるからだった。

幕府が把握しておきたいのは、所領や禄米を与えなければならない幕臣の武家たちが、今何歳で何という名前の実子や養子に家を継がせるつもりでいるのか、その事実だけなのである。

だが一方、『丈夫届』というこの制度は、届を出す側の武家たちにとっては、ごまかしの利きやすい有難い代物で、実際には生まれてもいない架空の息子を設定し、赤の他人の子供を「自分の倅」として丈夫届を出したとしても、基本的には何の支障もないということだった。

　こうして何らの血の繋がりもない赤の他人の子供を、自分の子として籍に入れることを、「入れ子」と呼ぶのだ。

「こたびの『西山平七郎』とて、幕府への届なんぞは完璧に、穴の無きよう拵《こしら》えてあろうし、周囲に事情《わけ》知りの者なんぞがおれば、必ずや金を渡して口止めをいたしておろう。おそらくは、わざと『揺さぶり』でもかけねば、ボロは出さぬぞ」

「さようにございますね……。ではやはり、『おつた』あたりがよろしいかと」

「うむ。なら、さっそく明日にでも、二人でおつたのもとを訪ねるか？」

「はい。では万事、手配のほうは、私にお任せのほどを……」

　おつたの住居《すまい》は裏長屋にあり、供《とも》の配下を幾人も連れていっては目立ってしまって仕方がない。

　第一、十左衛門や斗三郎が毎日の登城の際のように、裃《かみしも》を着けた格好で裏長屋になど行こうものなら、「おつたさんのところに、お城からお役人が来たらしい！」と、近所の者らに大騒ぎされてしまうであろうことは明白であった。

　たぶんもっとも目立たずにすむのは、「おつたが以前、勤めていた旗本家から、知り合いの家臣たちが訪ねてきた」と見えるよう、陪臣風の「着物に袴《はかま》」の格好で、十左衛門と斗三郎の二人だけで静かに訪ねていくことである。

そうして実際、翌日は、斗三郎の手配の通り、供の配下たちには長屋からは離れた場所で待機するよう命じた上で、二人は陪臣風に変装をして長屋まで歩いていったのであった。

三

おつたの住まう長屋は、西山家の屋敷がある千駄ヶ谷からも遠くはない四ツ谷塩《しお》町《ちょう》の裏手にあった。

とはいえ、裏長屋のなかでは「上物《じょうもの》」といえる二階建ての長屋である。

おつたに会って「自分は江戸城《しろ》から来た筆頭目付だ」と、名乗りを済ませた十左衛門は、できるだけおつたを怖がらせないよう、この二階建ての住まいについてを、まずは話の種にした。

「こうした二階《うえ》のついておる長屋は、家賃も相応に高いであろう？　そなた、西山の屋敷を辞してしまって、生活《くらし》のほうは大丈夫か？」

十左衛門が訊ねると、意外にも普通に世間話をしてきた「筆頭の御目付さま」に、おつたはホッとしたようで、表情をゆるませてきた。

「志麻さまが随分と、持たせてくださったのでございます。一人暮らしになる私の身を案じてくださいまして、ここにも幾度も訪ねてきてくださって……」

と、言いかけたおつたは、そこで涙に詰まったようだった。

密通のうえの関所破りであるから、志麻への沙汰《さた》が軽いはずはないことを、おつたも重々判っているに違いない。それを思うと、泣けてくるのであろうと思われた。

「そなたはたしか三十年余も、西山の屋敷で奉公をいたしておったそうだな」

「はい。西山家《おいえ》のご領地におりましたところを、先々代さまにお屋敷に呼んでいただいて、もうかれこれ三十五年ほどになりましょうか……。ご先代のお殿さまが奥さまをお貰いになられた日のことも、志麻さまがお生まれになった日のことも、昨日のように覚えておりますけれど……」

寂しそうな顔でそう言って、おつたは小さく鼻を啜っている。

そのおつたに十左衛門は少しずつ、いよいよ聞き込みをかけ始めた。

「志麻どののお父上であられたご先代は、どういうお方であられたのでござる？」

「先々代さまとご同様で、本当に、とにかくもうお優しいお方でございました……」

当時、用人をしていた田川績三郎の父親が、病であまり動けぬようになってからも、屋敷の敷地の一画に建ててある田川家用の離れをそのままに使わせてやり、医者代や薬代も出してやりと、おったが傍《はた》で見ていても、本当に心が温かくなるような面倒見の良さであったという。

「績三郎さんも、そうして西山家《おいえ》の皆さまには随分と良くしていただいてましたから、志麻さまがお婿の平七郎さまとどうしても上手《うま》くいかれないのを、ずっと案じていましてね。そんな心配が高じるうちに、『西村のお家は捨てて、二人でどこかに逃げよう』と、そうした風になってしまったのかもしれません」

「さようにござったか……」

十左衛門は大きくうなずいて見せると、話の向きを、ついと変えた。

「婿の平七郎どのとの縁組を勧めてきたのは、やはり西山のご親戚か？」

「はい。ご先代の叔父《おじ》さまで、他家《よそ》へ婿養子に行きなすった斎藤治右衛門《さいとうじえもん》さまとおっしゃるご親戚が、『勘定方の西山家にぴったりな、算術に明るい良いお方がいらっしゃるから』と、そう言われまして」

「ほう。叔父御の『斎藤治右衛門』どのか……」

そう繰り返して、十左衛門も横で控えている斗三郎も、頭のなかに「斎藤治右衛門」という名を叩き込んでいる。

ざったな」

「たしか婿どののご実家は、ご家禄四百石の『小普請』でいらっしゃる漆田《うるしだ》家でご
「はい」

と、返事をしてきたおつたに、十左衛門はうなずいて見せた。

幕臣の婚姻は、すべて幕府に正式に婚姻届が出されているので、あらかじめそれを
斗三郎が調べてあって、十左衛門も聞き知っているのだ。

「今の漆田家のご当主は、平七郎どのがお兄上の『漆田一郎太《いちろうた》どの』でござろうが、
その漆田一郎太どのと、こちらのご親戚の斎藤どのとが、一体どういったお関わりが
あるのか、ご存じか？」

「…………」

おつたは急に黙り込んで、はっきりと怯《おび》えるような顔つきになった。

「あの……、なにか志麻さまと平七郎さまのご縁談のことで、ご不審でも……？」

探るようにそう言ってきたおつたに、

「さよう」

と、十左衛門は、今度ははっきりと肯定した。

「これは志麻どのが申されたことなのだが、平七郎どのは漆田のお家の方ではなく、

どこぞ大店の商家の長男だということでな」

「えっ？」

おつたは目を丸くした
「平七郎さまが『大店の長男』というのは、どういう……？」

「…………」

ここが肝心なのである。十左衛門はしばし答えず、おつたの様子を見守っていた。

今、おつたは「平七郎さまが『大店の長男』というのは、どういう……？」とこう言ってきたが、実際のところは「どういう」も「こういう」もない。平七郎が幕臣武家の者ではなく、商家の出身《で》の男だというだけのことである。

だが、そうして偽《いつわ》って幕臣の籍に入ったことが幕府の知るところとなれば、切腹や御家断絶を招きかねないということを、もしかしたら、このおつたは知らないのかもしれなかった。

それが証拠に、今もおつたは十左衛門《こちら》の答えを待っているらしく、真っ直ぐにこちらを見つめている。

そんなおつたの様子に確信して、十左衛門はこう言った。

「縦《よ》し平七郎どのが漆田一郎太どのの弟ではなく、どこぞの商家の長男であるならば、それは『入れ子』と申して、幕府をたばかり『偽《にせ》の子を、幕臣の籍に入れる』という大罪を犯したこととなる。今は亡き西山家のご先代が、この事実を知っていながら漆田家より平七郎どのを婿に迎えたのであれば、ご先代も同罪だ」

「…………！」

と、息を呑んだおつたに、十左衛門は重ねて教えた。

「こうした『入れ子』の工作には、まず間違いなく金子《きんす》の授受が絡んでいてな。こたびであれば、その大店の商家が礼金の形で大金《たいまい》を出して、『自分の倅を旗本にしてやりたい』とそう思ったのであろうが、もし当時、ご先代がそれに関わり、商家より金子を受け取っていたならば、西山の家は厳罰に処されることになる」

「ご先代さまは、そんなお方ではございません！」

入れ子の深刻さが判ったのであろう。猛烈な勢いで、おつたは否定し始めた。

「西山のお家では、先々代さまもご先代さまも『御勘定吟味役』というのをお勤めになられていたそうで、それは『お城のお金の出し入れに悪いところがないよう、目を光らせるお役目』だったと、今は亡き奥方さまからも、そううかがっておりました。そんな大事なお役目をなさっていたご先代さまが、商人からお金を取って悪いことをするなんて、あろうはずがございません！」

激しくおつたは否定して、まるで主家の仇《かたき》を見るかのように、険しい顔を十左衛門に向けている。

そのおつたの様子に、いよいよもって「先代の無実」の確信を得ることができて、十左衛門は内心でホッとしていた。

今ここでは決して口には出せないことだが、悪行《あくぎょう》に手を染める幕臣なんぞ、少なければ少ないに越したことはないのだ。幕臣の監察を常とするのが目付方《こちら》の仕事ではあるのだが、「糾弾《きゅうだん》すべき幕臣など、ただの一人もいない」という幕府になることが、昔からの十左衛門の理想であった。

「相判《あいわか》った」

十左衛門はそう言うと、おつたに目を合わせて先を続けた。

「なれば、そなたの申すよう『西山家では、何も知らずに婿を取った』と仮定して、相調べてまいろうと思う」

「御目付さま！　お有難うございます……」

見れば、おつたはもう、目に涙を浮かべている。

だが十左衛門には、まだおつたに伝えておかねばならない一点があった。

「したが、おつたどの。平七郎どのを名指しして『夫は武家の者ではない。商人の長男だ』と、碓氷の関所で、そう告発してまいったのは志麻どのにござる。志麻どのがいつ誰から聞いたのかは判らぬが、縦《よ》し志麻どのが最初から、夫となる男の正体を知っていて婿としたなら、西山の家は罪を得る。それだけは、ご承知くだされよ」

そう言い放つと、十左衛門は後ろに控えていた斗三郎に目合図を送って、おつたの長屋を後にするのだった。

四

こたびの入れ子工作に誰が関わっているものか、その「炙《あぶ》り出し」の準備はこれで整ったようだった。

おつたの様子を見るかぎり、西山家の先代が「初めから知っていながら」平七郎を婿に取ったとは思えなかったが、反面、志麻が嘘をついているとも思えない。

西山家《いえ》を捨て、田川と逃げて、捕まった志麻ではあるが、好きになれない夫を腐《くさ》すにしても、「夫は幕臣ではなく大店の長男だ」なんぞという、とてつもない嘘を、わざわざつくとも思えないのだ。

そしてそう考えるのは、おつたとて同様のはずで、本当に平七郎が漆田家の人間ではなく、商人の長男であるか否かを確かめようとして、必ずや、おつたは動くに違いなかった。

果たして十左衛門ら二人の勘はピタリと当たり、おつたは二人が帰るとすぐに動き出した。

おつたが訪ねていったのは、千駄ヶ谷の西山家である。

とはいえ、おつたも真正面から「入れ子」の当人であるかもしれない平七郎に会いに行った訳ではない。

三十年あまりも勤めていた顔の広さを存分に利用して、顔見知りらしい門番の中間《ちゅうげん》に頼んで呼び出したのは、西山家の若党の一人と見える三十がらみの男であった。

その若党らしき男と、おつたは外で立ったまま何やら話をしていたのだが、若党は途中でひどく驚いた顔になり、その後はほんの二言三言話しただけで、屋敷のなかへと戻っていった。

一方のおつたも西山家にいたのはそれだけで、あとはどこにも立ち寄らずに自分の長屋へと帰ってしまったという。

この一連のおつたの動きを尾行して、すでに見張らせてあった西山家の見張り担当の配下たちに繋ぎを取ったのは、斗三郎である。

江戸城に戻らねばならない義兄からあとを任された斗三郎は、すでに見張りを始めている西山家のほかに、平七郎の実家ということになっている漆田家と、平七郎との縁談を取り持ったという斎藤治右衛門の屋敷、それにおつたの長屋を加えた三ヶ所の見張りを新たに手配した。

西山家を訪ねていったおつたが、あの若党に「平七郎に入れ子の疑いがあること」を話して聞かせたのは確実であろう。

となれば、当然あの若党は当主である平七郎に報告をするであろうし、平七郎自身は自分が疑われていることを、まずは漆田家あたりに相談に行くだろうと思われた。

だが、そうした斗三郎の読みは外れたらしい。三日経っても、四日経っても、西山家には何の動きも見られなかったのである。

「平七郎は『無役』ということもありまして、この四日、本当にただの一度も屋敷から出てはまいりませんそうで……」

そう言って斗三郎が、当番で目付部屋にいた十左衛門のもとへと報告に来たのは、おつたが西山家を訪ねたのを確認してから五日後のことであった。

「家臣はどうだ？　誰ぞ若党か中間にでも文《ふみ》を持たせて、漆田なり斎藤なりに走らせた様子もないのか？」

　十左衛門が訊ねると、斗三郎は首を横に振った。

「屋敷から外に出ていく者にはすべて尾行をつけまして、逐一《ちくいち》、確認をいたしましたが、漆田とも斎藤とも繋がらず、なれば女中をどこぞ怪しい大店にでも行かせるかと、女中や下女の出入りにも注意いたしておりましたのですが、大店らしきものにも誰もいっこう足を向けませんので……」

「出入りの商人のたぐいはどうだ？　そうした者に文を託したという風は、見られんかったか？」

「はい……」

　もとより西山家に出入りする者すべてを尾行して、行き先や正体を突き止めるつもりでいた斗三郎は、西山の屋敷に通じる道にある辻番所のすべてに人員を配置して、西山家家中の者であろうが、出入りの商人や職人であろうが、一人も漏らさず、後を尾行《つ》けさせたのである。

「そうは言いましても西山の家中の者らにいたっては、この四日のうちで外に出てきた者は、ほんの数人でございますゆえ、後を尾行けるにいたしましても、難儀なこともございませぬ。何やらまこと『籠城《ろうじょう》』のごときでございました」

「ではやはり、目付方《こちら》を警戒して動かぬつもりということか……」

「はい。おそらくは……」

実は今回、西山家には、志麻と田川が碓氷の関所で捕まった事実《こと》についても、幕府からは何も報せず、伏せてあった。それはむろん、志麻が告発した入れ子工作の一件が絡んでいたからであったが、五日前、おつたがすべて若党に話したはずだから、西山家にしてみれば二重三重の驚愕だったに違いない。

ことに西山家の家臣たちにしてみれば、奥方の志麻や用人の田川の出奔に加えて、今度は当主の平七郎自体に問題がある訳だから、その心中たるや、想像すると気の毒でたまらなくなるほどだった。

「血筋の志麻が関所破りで裁《さば》かれて、戻ってこなくなるというだけでも大騒ぎなのでございましょうに、先代から家督を継ぎました婿が入れ子の工作をしていたとあっては、『この先、西山の家はどうなるものか』と皆で青くなっておりましょう。とにかく今は目付方《こちら》に証拠を摑まれぬようにと、家臣たちも相談のうえで、身を潜めておるのではございませんかと……」

「さようであろうな」

そうして西山家の心情は読めるにしても、こうも見事に籠《こも》られてしまっては、こちらは調査《しらべ》の埒《らち》が明かない。

　このまま長い我慢比べになることは、確実であろうと思われた。

「志麻や田川が、いつ碓氷から江戸に戻されてくるやら判りませぬが、やはりそれを待つより他に手は……」

　と、斗三郎がそう言いかけていた時だった。

「失礼をいたします。稲葉さまはおいでにございましょうか？」

　部屋の外から声がして、ほどなく徒目付の本間柊次郎が、襖を開けて入ってきた。

「おう、柊次郎。ここだ」

　そう答えて立ち上がったのは、部屋の奥で書きものをしていた稲葉である。

　今日は稲葉と十左衛門の二人で当番目付を務めており、稲葉は斗三郎との話を中断させてしまったのを気にしてか、十左衛門《こちら》に向けても、通りがかりに軽く頭を下げてきた。

「して柊次郎、どうした？」

「いやそれが、実はただいま玄関口の番所のほうに、くだんの石川亮一郎が『稲葉さまに至急のお報せを……！』と、押しかけてまいっておりまして……」

「『石川亮一郎』と申すと、あの『御助け講《おたすけこう》』の石川か？」

「はい。何でも石川の申しますには、惜しくも深川の押上村で逃げられたあの『津島』を見かけたとかで、それも以前の浪人者としてではなく、れっきとした幕臣の御家人としてまかり通っていたということで……」

「なに？」

と、稲葉が答えるより先に反応したのは、十左衛門であった。

「津島と申す浪人者が逃げていたのは覚えておるが、それが『幕臣としてまかり通っている』というのは、どういうことだ？」

「いや、それが……」

横手から「ご筆頭」に飛び込んでこられて、本間は少々、面喰らっているようだった。

「石川が津島を見かけましたのは、他家《よそ》の旗本家の屋敷内《うち》だそうにございますのですが、とにかくもう『急ぎ稲葉さまに会わせて欲しい』と、それればかりにございまして……」

「ご筆頭」

と、声をかけてきたのは、当人の稲葉徹太郎である。

「なれば、私、ちと話を聞いてまいりまする」

「うむ。浪人であったはずの津島が幕臣になっていたのであれば、それは『入れ子』のたぐいやもしれぬ。そちらの調査《しらべ》も重々頼む」

「ははっ」

入れ子工作の案件は、以前より度々あって、目付方はもちろん幕府の上《うえ》つ方《かた》の間でも、ずっと問題視されていることである。

折しも「西山平七郎」の案件を扱っている最中の十左衛門と斗三郎は、急ぎ目付部屋を出ていく稲葉と本間の後ろ姿を見送るのだった。

五

本丸御殿の広い玄関の式台の左手には、徒目付たちが数人ずつの交替制で詰めている目付方の番所がある。

今回のように何かの急報があって城に駆け込んできた者の多くは、この目付方の番所で受け付けてもらうこととなるのだが、番所のなかは、ひどく狭い。

それゆえ「やはり、下部屋《した》で話を聞くほうがいいだろう」と、本間に命じて目付方の下部屋のほうに案内させたのだが、稲葉の待つ下部屋へと連れてこられた石川は、初めて入る目付方の座敷に緊張しているようだった。

「こたびは急なお呼び立てをいたしまして、申し訳ござりませぬ」

「いやいや。あの『津島』がようやくに見つかったというので、拙者も勇んで参ったのだが……」

石川の緊張を解くべく、稲葉はそう言って笑顔を見せると、「勇んだ」風をわざとそのままに表して、ついと身を乗り出した。

「して石川どの、浪人者であった津島が幕臣になっていたというのは、一体どういうことでござろう？」

「いやそれが、実は津島を見かけましたのが、私が所属の『小普請組の御支配《おしはい》』のお屋敷でございまして……」

石川の言った『小普請組支配』というのは、無役の小普請の幕臣たちを「自分の組の配下」として何百人も受け持って、冠婚葬祭や家督相続などの手続きをしてやったり、無役を脱して何かのお役に就けるよう手助けをしてやったりする、無役の者の「頭役《かしらやく》」のことである。

役高は三千石で、かなり大身《たいしん》の旗本が老中方から命じられて就く役職であったが、今は十二名の『小普請組支配』役の旗本がおり、それぞれが「なるだけ自分の組下の者らに就職口がまわってくるように」と、競うような風潮になっていた。

無役の幕臣のなかでも「小普請」と呼ばれる者は、家禄が三千石に満たない旗本や御家人たちである。

とはいえ「一千石」「二千石」といった旗本たちと、「二十俵二人扶持」というような御家人たちとでは、生活《くらし》のうえの相談事も、狙える就職先もまるっきり違うから、小普請組の支配役たちは、御目見以上の旗本たちと御目見以下の御家人たちとを分けて管理監督していた。

支配役は「毎月、〇日」と日を決めて、組下の者らのために自宅屋敷の門戸を開放して、面談を受け付けている。

旗本の面談受け付け日は、毎月六日、十九日、二十四日の「月に三日」で、御家人の面談日は、毎月十四日、二十七日の「月に二日」であった。

つまりは御家人たちに開かれている面談日は、旗本たちよりも一日少ない。必定、このたった二日に大勢の御家人たちが殺到し、なかなか面談を受けてもらえない者が続出する状態となった。

それゆえ石川の所属する「武藤五郎左衛門《むとうごろうざえもん》」が支配役を務める小普請組「武藤組」では、不定期ではあるが、御家人たち向けの面談日を他の日にも設けて、受け付けてくれていた。

「どうやら今日も、そうした日でございましたようで、六日ゆえ、私のほうは通常の面談日だったのでございますが、庭を挟んだ離れのほうでも、御目見以下の者（御家人）たちが面談をいたしておりましたようで……」

面談日は朝から夕刻まで先着順で面談を受け付けているから、支配役は忙しく、今日のような「旗本の面談日」には、次々旗本たちに会うだけで一日が終わりになってしまう。

それゆえ「臨時に設けられた御家人の面談日」には、支配役ではなく、その下で補佐をしている『小普請組支配組頭』という役高・二百俵の旗本が就く組頭役に面談してもらうことになっていて、その組頭の面談の会場は、母屋からは庭を挟んだ向こう側にある離れの棟となっていた。

「その離れの廊下を、『津島』が歩いておりましたので……」

「え？　なれば、貴殿と同じ『武藤組』の小普請組に入っているということか？」

「はい、間違いございません。玄関のほうから離れに向けて廊下を歩いていたのでございますが、津島は皆が待ち合いに使っている小座敷に入りまして、すでに待ち合いにいた者たちに『組内の仲間』らしく挨拶をいたしておりましたので」

今はもう初夏の陽気になっているから、屋敷のなかはどこもかしこも風通しを良くするために、襖《ふすま》や障子《しょうじ》が開けっ放しになっている。

そのお陰で、母屋のほうの旗本用の待ち合いにいた石川からも、離れの座敷がよく見えたそうだった。

「いや、さようか……。なれば、まことに『武藤組の組内に入っている』ということであろうな」

「はい。おそらくは、金で御家人の『株《かぶ》』でも買いまして、幕臣になったのでございましょうが……」

石川の言った『株』というのは、幕臣が幕府から禄をいただいたり、自家の相続をしたり、役職を勤めたりするために「家禄〇〇高」という家格の形で所有している、いわば「既得権《きとくけん》」のことである。

この『株』という名の既得権は、普通は代々、親から子へと自然に受け継がれていくのだが、その幕臣が何かの理由でひどく金に困っていたりすると、「何十両」、「何百両」と自家の株に値をつけて、他人に売り払う場合があった。

これはもちろん許されることではない。幕府にバレれば直ちに捕縛されて、重罰を受けることになるのだが、それでもやはり「訳あり」の幕臣たちのなかには、自家の株を売り払う不届き者も少なくなかったのである。

そんな『株』の一つを、どこかの御家人から買いつけて、津島もこっそり「幕臣」になったのかもしれなかった。

「しかして、あれは盗人《ぬすっと》の浪人者でございます。あの何とも図々しい馴染みように、どうにも腹が煮えくり返ったのでございますが……」

ここで騒いで追いかけてしまっては、押上村でのあの時のように、かえって逃がすことになりかねない。このままそっと見なかったふりをして、この後すぐに「稲葉さま」のところに、お報せに参ろう。

どのみち今日ああして面談の申し込みをしておれば、玄関先で、名や家禄や屋敷の在り処を訊かれているだろうから、その名簿からたどっていけば、必ずや、『津島』に行き着けるはずである。

石川は、そう自分に言い聞かせながら、はやる気持ちを必死で抑《おさ》えたそうだった。

「小賢しい彼奴《あやつ》のことでございますから、たぶんもう『津島』という名は捨てまして、何ぞ別の苗字になっておろうとは存じますが、私が片っ端から、すべて面通《めんとお》しをいたしまする」

「おう、そうしてくださるか。有難い……」

そう言って頭を垂れた稲葉に、石川は恐縮して、慌てたようだった。

「いえ、とんでもございません！　稲葉さまには、私、この生涯をかけましてでも、ご恩返しをいたさねばならないほどにてございますゆえ……」

石川は居住まいを正すと、改めて稲葉に真っ直ぐに向き合った。

「もしあのまま『御助け講』など相続けておりましたならば、他人《ひと》の金子をいいように使い込んだ形となり、本当に『騙《かた》り』や『盗人』のごとくに成り下がっていたことでございましょう。今となれば、御助け講など怖ろしゅうて、考えただけでも震えがくるほどにてござりまする」

「石川どの……」

石川亮一郎の思いがけない変化に、稲葉は感無量になっていた。

あの時分の石川は、はたから見ても荒れて尖《とが》って、付き合いづらい男であった。

おそらくは、お役に就けない自分自身に苛立《いらだ》ったり、自分という人材を見つけて引き上げてくれない幕府や世間を恨んだりして、その挙句に行き着いたのが「御助け講」で、だが本人も判っている通り、あのまま講元を続けていたら「罪人」になっていたに違いないのだ。

その石川が、今はこうして小普請組支配の屋敷に通い、お役に就くことを目指して頑張っているという事実が、稲葉は何より嬉しかった。

そも目付が目指すべき本分は、幕臣が倦《う》まず、正しく、上様にご奉公をして、なおかつその幕臣自身も幸せに暮らせるよう、監督指導することにある。そうして幕臣のすべてが、正常かつ幸福に毎日を過ごすことができるようになれば、必ずや、それは幕府の永遠《とわ》の安泰を約束するのだ。

「石川どの。なれば、どうかご助力のほどを……」

「ははっ。私でお役に立てることがございましたら、面通しのほかでも、何だっていたしますゆえ」

「かたじけない……」

善は急げのたとえの通りで、今日のうちに武藤五郎左衛門の屋敷に行って、事情を話し、面談者の名簿を見せてもらって、面通しを始めたほうがよいであろう。

稲葉は本間ら配下を手配して集めると、石川亮一郎の案内で、武藤の屋敷へと向かうのだった。

六

小普請組支配役・武藤五郎左衛門の屋敷は、駿河台《するがだい》の小川町《おがわまち》にあった。

このあたりは同じ武家町でも、わりに大きな拝領屋敷ばかりが建ち並んでいて、家禄三千八百石の武藤家のような譜代大身の旗本の屋敷も多い。

武藤家に着いた時にはすでに日が暮れかけていたため、今日の面談はすべて終わっていて、面談に来た幕臣たちはもう一人もいなかったが、石川の言う通り、面談者の名簿は残っていた。

果たして稲葉が当主の武藤に挨拶をして仔細を話し、「津島探し」に協力してもらえるようお願いをすると、武藤は二つ返事で助力を約束してくれた。

「なればさっそく、離れのほうの名簿をば持ってこさせましょうて」

五十がらみと見える武藤五郎左衛門は、少しくいかつい名にぴったりの筋骨隆々とした御仁《ごじん》である。

その武藤に呼ばれて御家人の名簿を運んできたのが、今日、武藤の代理として御家人たちの面談をした『小普請組支配組頭』だそうだった。

「浦部伸四郎《うらべしんしろう》」と名乗ってきたその小普請組支配組頭は、歳《とし》は四十半《しじゅうなか》ばくらいで、ちと「貧相」といえるほどに痩せこけて肩幅の狭い男であったが、よく見れば、いかにも何でも相談に乗ってくれそうな優しげな顔立ちである。

その浦部伸四郎にも事情を話して聞かせると、畳の上に名簿を広げて稲葉《こちら》に見せてくれながら、浦部は説明し始めた。

「今日の面談は、十一名でございました。朝の開門から昼までが、こちらに書かれております五名で、昼餉《ひるげ》を済ませましてから面談を始めましたのが、この六名にてございまして……」

本所石原町《いしはらちょう》に住むという三十俵三人扶持の「川北源次郎《かわきたげんじろう》」から始まって、同じく本所の三ツ目通《みつめどお》りに屋敷のある七十俵五人扶持の「塩沢八十八《しおざわやそはち》」までが、昼前の五名。

昼過ぎは、下谷《したや》の練塀小路《ねりべいこうじ》に屋敷を持つという五十俵三人扶持の「小嶋彦十郎《こじまひこじゅうろう》」から始まって、最終の記名は、小石川同心町《こいしかわどうしんまち》に住まう二十俵三人扶持の「新山茂三郎《にいやましげさぶろう》」であった。

その記名のすべてを、横手から本間柊次郎が慣れた様子で書き写していたが、稲葉としては、できるかぎりに「津島らしき人物」を絞っておきたい。

自分の横で名簿を覗き込んでいる石川に向き直ると、稲葉は改めて訊ねた。

「貴殿がこちらで津島を見かけられたのは、何刻頃《なんどきごろ》でござる？」

「おそらくは、昼の四ツ半（午前十一時頃）あたりにてございましょう。『津島だ！』と気がつく少し前に、四ツ（午前十時頃）の鐘を聞いたように思いますゆえ」

「なれば、この、朝から数えて四人目の『関山太之助《せきやまたのすけ》』か、五人目の『塩沢八十八』あたりが怪しいということでござるな……」

「いや稲葉どの、そうとは限りますまいて」

と、横手から話に加わってきたのは、この屋敷の当主・武藤五郎左衛門である。

「みな一様《いちよう》に開門日には面談を求めて、引きも切らずに訪れてまいるゆえ、実際には昼を過ぎてからの面談となる者も、昼前に来ておることが、ままござる」

「いや、さようにございますか」

教えてもらえたのが有難く、稲葉が一つ頭を下げると、武藤はいよいよ話に乗ってきたようだった。

「石川どのが『見た』というのが四ツ半ならば、朝の一番から三人がほどは、『考慮の外《ほか》』にはずしてもよかろうが、それ以降の者らについては一様に、あたってみたほうがよろしかろう」

「はい。お有難う存じまする」

どうやらこれで、面通しの必要のある者を、少しは絞り込めたようである。

「さっそく明日より、一人ずつ屋敷をばまわりまして、石川どのに直《じか》に面通しをしていただく所存にてございます。『これが津島』と判りました暁には、その場ですぐに捕らえることとなりますゆえ、武藤さまには『事後《じご》のご報告』と相成ってしまいましょうが、必ずや、その日がうちには改めて私がお礼に参らせていただきまするる」

そう言って稲葉が手をついて礼をして、早くも腰を浮かせかけると、

「いや、稲葉どの、待たれよ」

と、武藤が引き留めてきた。

「それよりは、武藤家《ここ》に一堂に会させたほうがよろしかろう。呼び出す口実については、何ぞこれより考えねばならぬが、いっそのこと十一名、すべてこちらに呼び出して、その場で面通しをいたしたほうが手間が要らぬと思うが、どうだ？」

「お有難うござりまするる！　まこと厚かましゅうはございますが、お言葉に甘えとう存じまするる」

「うむ。なれば、何日《いっ》がよい？　こうしたことは早いほうがよかろうが、面談の日は、朝も満足に明けぬうちから、屋敷の前に組内の者が居並ぶゆえなあ……。やはり面談日とは重ならぬほうが、よかろうとは思うが……」

言いながら武藤は、『小普請組支配組頭』である浦部伸四郎のほうへと目をやった。たぶんこうして日頃からあれやこれやと、補佐役の浦部を頼りにしているのであろう。浦部もすぐに自分一人で即決して、日取りをこう勧めてきた。

「なれば、明後日の昼過ぎあたりはいかがでございましょう？　今日はもう夜分になってしまいましたゆえ、明日の朝から手配して十一名の屋敷のほうへと報せまして、『翌日、昼八ツ（午後二時頃）に参るように』と、そう……」

「うむ」

と、武藤は浦部にうなずいて見せてから、やおら稲葉のほうへと振り返ってきた。

「どうだな、稲葉どの。明後日の昼八ツでもよろしいか？」

「はい。なれば、それにてお願いをいたしとう存じまする」

「よし。決まったな」

そう言って、武藤は大らかな笑顔を見せてきた。

この武藤が務めている『小普請組支配』の役は、なかなかに難しいお役である。

それというのも、えてして無役の者のなかには、病持ちやら、放蕩者やら、他人と上手くは付き合えないひねくれ者や、乱暴者などもいて、そうしたさまざまな人材を把握した上で、できるだけ自分の組内から役職を得られる者が多く出るよう、図らねばならないのだ。

この小普請組支配の職には、俗に「役料」と呼ばれる「その役職を務めるのにかかる経費分の支給」は全くないため、自家の家計のなかから、かかる費用すべてを工面しなければならない。

だがそれでも老中ら上つ方をして、「この御役は、人を指揮すること巧《たく》みなる者が適任」といわせる小普請組支配役に任命されることは、大身の旗本たちにとっては、しごく「誉れ」に違いなかった。

そうした大人物揃いの小普請組支配の一人であるから、稲葉も甘えて協力を頼んだ訳だった。

だが、その期待の「明後日」、武藤の呼び出しに応えて勢揃いした十一名の御家人のなかには、石川が「津島」と認める人物は、ただの一人もいなかったのである。

七

その日の夕刻のことである。

十左衛門は、早くも行灯《あんどん》に火を入れた下部屋のなか、さっそくの稲葉からの報告に愕然とさせられていた。

「なに？　では、その日の面談者のなかには、津島はいなかったということか？」

「はい。石川どのが申しますには、十一名いる皆が皆、似ても似つかぬ別人だということでございまして……」

「…………」

少なからずがっかりして、十左衛門はしばし言葉を失っていたが、やはりあきらめられず、確かめるようにこう訊いた。

「面談者の名簿に、記載の落ちはなかったのであろうな？」

「はい……。『十一名』と断言をいたしましたのは、組頭の浦部にてございますが、実際ほかの十一名の面談者に訊ねましても、『待ち合いにいたのはこれだけだ』と、皆がうなずいておりましたので……」

「…………」

と、十左衛門が、さっきとは違い、顔つきを険しくして黙り込んだ。

「あの……、ご筆頭、何か？」

顔色を読んで訊いてきた稲葉に、十左衛門は突然に言い出した。

「いやな。ちとおかしいではないか」

いまだ十左衛門自身、考えをまとめている最中だから、言葉を選び選びの説明にはなるのだが、どうやら次第に妙な部分《ところ》が鮮明になってきたようだった。

「たしか石川が申すには、『待ち合いで、津島は皆に仲間らしく、挨拶をしていた』のであったな?」

「はい。そのいかにも皆に馴染んだ様子が、見ていて腹立たしかったと……」

「いや、そこよ」

十左衛門は、自分の膝《ひざ》をはたと叩くと、こう続けた。

「さように馴染んで見えたのであれば、逆に組内の連中が、訳ありの津島を庇《かば》うて、『あの場にはいなかった』と嘘をついても、おかしくはなかろう」

「はい……。ですが……」

と、稲葉も真剣ゆえ、「ご筆頭」に遠慮はせずに反論してきた。

「けだし、こうした偽籍のことで幕臣が関われば、嘘の証言をした責《せき》任を問われて、おのれ自身も身が危うくなりましょう。第一『組内』とは申しましても、別に役方の同僚という訳でもございませんし、それぞれが無役のところを、便宜上、ただ組に分けただけにてございますゆえ」

「まあ、たしかに、さようではあろうが……」

言い淀んだ十左衛門が、つとまた反論の種を拾った。

「したが稲葉どの、『石川亮一郎が目』のほうは、実際、どう見る？　石川の見間違いと、容易には片付けられまいて」

「はい。そこがどうにも、自分でも、納得がいかぬところでございまして……」

稲葉は素直に認めると、先を加えて、こう言った。

「半ば津島に騙されて、御助け講の講元となり、一度は『死のう』とまで思いつめた石川どのにてございますゆえ、石川どのが『津島を見た』と言うならば、やはり『見た』のでございましょう。それがどうして、忽然《こつぜん》と消え果てたものか……」

「…………」

と、沈思していた十左衛門が、いきなり言った。

「やはり、金子《かね》でござろうな」

「……はい」

稲葉も気を合わせて、うなずいた。

「小普請組の組内で、津島を庇うといたしましたら、まずは口止めの金子を配られているとしか考えようがございませんね」

「うむ……。おそらくは、みな生活《くらし》も決して楽ではなかろうゆえな。目先の金子に転ばされたのやもしれぬ」

「はい」

と、稲葉はうなずいて、やおら腰を浮かせ始めた。

「では、ご筆頭。これよりさっそく本間と手配をかけまして、十一名のひとりひとりが本当に名簿の名と合うているものか、探りを入れてまいりまする」

六日の「臨時の面談」の際、名簿に十一名、記名をしたそのなかに「津島」が一人混じっているのは確かなはずで、つまりは今日の昼八ツに来た者のうちの一名は、津島に金で雇われたかして、代わりに顔を出しただけなのだ。

「それと同時にもう一人、組頭の浦部伸四郎のほうも、相調べてまいりまする」

「おう。そうであったな。浦部の協力無くしては、津島も代理《かわり》を立てようがないゆえな」

「はい」

おそらく浦部は十一名全員に、「この呼び出しは、目付の調べによるものだ」と報せておいたに違いない。そうして組頭の浦部を含めた十二名全員で、見事に口裏を合わせたのだ。

「では、稲葉どの。よろしゅう頼む」

「ははっ」

調査の方針が決まって爽やかに、稲葉は部屋を出ていくのだった。

八

十一名の内訳は、以下の通りである。

一人目。本所石原町の「川北源次郎」、三十俵三人扶持。

二人目。市ヶ谷山伏町《やまぶしちょう》の「清水伝蔵《しみずでんぞう》」、三十俵三人扶持。

三人目。下谷御徒町《おかちまち》の「前田久右衛門《まえだきゅうえもん》」、七十俵五人扶持。

四人目。本所相生町《あいおいちょう》の「関山太之助」、五十俵二人扶持。

五人目。本所三ツ目通りの「塩沢八十八」、七十俵五人扶持。

六人目。下谷練塀小路の「小嶋彦十郎」、五十俵三人扶持。

七人目。下谷中御徒町の「杉浦政一郎《すぎうらせいいちろう》」、七十俵五人扶持。

八人目。四ツ谷仲殿町《なかどのちょう》の「服部庄次郎《はっとりしょうじろう》」、二十俵三人扶持。

九人目。本所南割下水《みなみわりげすい》の「土屋長太夫《つちやちょうだゆう》」、三十俵二人扶持。

十人目。下谷御徒町の「吉見助之進《よしみすけのしん》」、七十俵五人扶持。

十一人目。小石川同心町の「新山茂三郎」、二十俵三人扶持。

この十一人に加えて、小石川の三百坂下通《さんびやくざかしたどお》りに拝領屋敷を持つ、役高・二百俵の『小普請組支配組頭』である旗本の浦部伸四郎が、こたびの調査の対象者となった。

「ずる賢い津島のことゆえ、すでに自分は身を隠して、先日立てた身代わりを当主として屋敷に置いてあるに違いない。よって今、十一名の屋敷のなかに津島の姿を探しても無駄であろうから、とにかく片っ端から一軒ずつ、『当主は誰で、家族にはどんな者がいるのか、何ぞ大きな問題のごときはないか』を、ていねいに調べてくれ」

稲葉の命《めい》で、本間柊次郎をはじめとする目付方配下の者たちが手を分けて、いっせいに調べ始めると、数日のうちに、ちと面白いことが判ってきた。

十一名のうちの幾人かの間に、姻戚関係や義兄弟の関係があることが判明したのである。

まずは名簿の十人目、下谷御徒町に住む二十四歳の「吉見助之進」は、名簿では四人目の、本所相生町「関山太之助」三十二歳の弟であることが判った。

そもそも吉見助之進は十年前、まだ十四歳の頃に吉見家に婿養子に入ったのだが、その助之進の妻となった吉見家の一人娘は、当時はまだ五歳であったという。

「その吉見家の娘というのが、赤子の頃より病弱でございましたようで、五つで婿に助之進を迎えましたが、まだ十にもならないうちに病で亡《の》うなりましたようで、吉見助之進の今の妻女は、つい昨年、他家からもらったばかりの十七の嫁にてございました」

　この報告を稲葉にしているのは、本間柊次郎である。

　今、二人は例のごとく目付部屋の下部屋にいるのだが、今回ばかりは調査対象が多《た》岐《き》にわたっているため、本間のほかにも幾人か徒目付や小人目付が、稲葉に直《じか》に報告に訪れていた。

「して、柊次郎。吉見の先代の話だが、一人娘に死なれたというその先代夫婦は、今はどうしておるのだ？」

「もうすでに二人とも亡うなっておりまする。そもそも先代の妻であった娘の母親というのが病弱で、娘を産み落とすのと引き換えに、息を引き取りましたそうで……。先代の当主であった父親のほうも、娘まで亡くしたことが身にこたえましたものか、幾年かして後を追うように亡うなったそうにてございました」

「では今の吉見家には、元の血筋は一人もおらぬということか？」

「はい……」

「…………」

どうも何だか、武家《いえ》ごとまるまる乗っ取られてしまったかのようで、後味の悪い話ではある。

そんなことを考えて稲葉がしばし黙っていると、横手から山倉欽之助《やまくらきんのすけ》という別の徒目付が報告を始めてきた。

「『前田』と『杉浦』と申す、両家のことにてございますのですが……」

七十俵五人扶持の「前田久右衛門」というのは名簿の三人目、同じく家禄が七十俵五人扶持の「杉浦政一郎」は、七人目の記名であった。

「この前田と杉浦とは『義兄弟』で、それぞれの妻女どうしが実の姉妹にあたるのですが、これがまた少々、胡散臭《うさんくそ》うございまして、元を糺《ただ》せばその姉妹、大店の商人の娘たちにてございました」

「なにッ？」

と、思わず目を剝いた稲葉に、山倉が説明を始めた。

「私は受け持ちが『杉浦』にてございましたので、屋敷から出てまいりました妻女らしき女を尾行けてみたのでございますが、その行き先が本石町《ほんこくちょう》の薬種屋でありまして……」

日本橋にも程近い本石町には、昔から薬種屋が多く、大店が何軒も建ち並んでいるのだが、そのなかでもかなり大きな構えの一軒に、杉浦の妻は入っていったという。

すると店のなかから「お嬢さま」「お嬢さま」と、幾人もで立ち騒ぐ声が聞こえてきて、「さては杉浦の妻女は、商家の出身《で》であったか！」と山倉が一人で驚いていたら、後ろから「山倉さま」と小さく声をかけられたらしい。

「見れば、『前田家』を受け持っておりました、蒔田にてございました」

蒔田というのは、くだんの敏腕の小人目付「蒔田仙四郎」のことである。

聞けば蒔田も前田家の屋敷から、外出した妻女を追ってきたのだそうで、前田の妻女のほうははっきりと、ちょうど店の外の掃き掃除をしていた小僧《こぞう》から「お帰りなさいませ、お嬢さま」と頭を下げられていたそうだった。

「一刻（約二時間）ほどもおりましたでしょうか……。妻女らは、今度は二人揃って店から出てまいりましたが、おそらくはすでに町駕籠《まちかご》を頼んでいたらしく、それぞれに駕籠で揺られて屋敷に帰っていきました」

「さようか……。なら薬種屋が小判《かね》を積み、娘二人に幕臣の子女の籍を買《こ》うてやって、幕臣武家に嫁《とつ》がせたに違いないな」

「はい。おそらくは……」

「…………」

稲葉は顔を険しくして、沈思し始めた。

どうやらこたびの案件は、調べを進めれば進めるほどに、悪質な様相を呈してくるようである。

浪人者から幕臣武家へと変わっていた津島といい、薬種屋の姉妹が揃って武家の妻女におさまっていることといい、くだんの十一名の面談者たちは、たぶんこうした偽籍工作を隠すために、皆で口裏を合わせて「黙秘《だんまり》」を決め込んでいるのに違いなかった。

「では、まずは前田と杉浦の妻女が、どこの武家の娘ということになっているものか、そのあたりから調べてくれ」

「ははっ」

江戸幕府創成期の昔はいざ知らず、いま幕府は「幕臣が、幕臣武家以外の者らと婚姻をすること」を認めていない。

つまり薬種屋の娘が前田や杉浦に嫁ぐには、いったんどこかの「幕臣武家の娘」という形になり、その家の名をもらった上で、前田なり杉浦なりに嫁ぐのだ。

そうなれば、「武家の出身《で》ではない女」と知っていて嫁にもらった前田家や杉浦家だけではなく、姉妹を「自分の娘」として幕府に届を出した幕臣武家にも、薬種屋からたんまりと「お礼の金子」が流れているに違いなかった。

「稲葉さま」

と、まだ下部屋に一人残っていた本間柊次郎が、後ろから声をかけてきた。

「ちと私、受け持ちの吉見家のほうは離れまして、姉妹の実家であるという薬種問屋のほうを、細かく探ってまいろうかと……」

「おう、柊次郎。まことと、それがよいやもしれぬぞ」

十一名の屋敷のほうは、たぶん目付方《こちら》の捜査を気にして、あまり派手には動かずにいようから、商家のそちらに見張りをつけて、逐一、出入りを尾行したほうが、得策であろうと思われた。

「ついては稲葉さま、ちと蒔田の手を借りてもよろしゅうございましょうか」

「うむ。なれば、前田家のほうには、ほかより手配をつけておくゆえ、大丈夫だ」

「お有難うござりまする。では……」

そう言って、急ぎ皆を追って部屋を出ていく本間柊次郎の後ろ姿を見送ると、稲葉はここまでの報告をするべく、「ご筆頭」のもとへと向かうのだった。

九

この一件の担当目付として、稲葉が「武藤五郎左衛門」の屋敷を再び訪ねたのは、本間や蒔田、山倉らの調べがだいぶ進んでからのことだった。

くだんの『小普請組支配組頭』浦部仲四郎が、十一名に何らかの形で関わっているのは、すでに見通せている事実である。

それゆえ浦部がいない時を狙って、武藤の屋敷に行かねばならず、稲葉は無礼を承知のうえで、夜分に武藤を訪ねていた。

「不躾《ぶしつけ》に、こんな夜分にうかがいまして、まことに申し訳ございませぬ」

「いや、さようなことはよいのだが、何ぞ『津島』とやらについて、判ったということでござるか？」

「はい。津島はこたび『杉浦政一郎』と、名を変えておりました」

「おう！　あの名簿の中程《なかほど》にあった『杉浦』か？」

「はい」

下谷中御徒町に屋敷を持つ七十俵五人扶持の杉浦政一郎が、実は「津島」であることを突き止めたのは、本石町の薬種屋を見張っていた本間柊次郎であった。

それというのも、ある時、店の大番頭がめずらしく、小僧を一人お供に連れただけで、やけに遠出をしたことがあり、本間が店の見張りを蒔田に任せて大番頭を尾行していったところ、谷中《やなか》の根津権現《ねづごんげん》の近くあった小体《こてい》な一軒家に、何と「津島」が隠れ住んでいたのである。

「ほう……。なれば、その薬種屋の寮《りょう》（別荘）にでも、かくまわれていた訳か」

「はい」

武藤にはまだ事件の全体像は話しておらず、単純に「杉浦政一郎が津島だった」と話して聞かせているだけだから、津島の隠れ場所が無事に判って、今、武藤は上機嫌な顔をしている。

だがそんな武藤に、稲葉はこれから腹を割って、話さねばならないことがあった。

「武藤さま」

そう言って、稲葉は改めて畳に手をついてお辞儀をすると、真っ直ぐに顔を上げて切り出した。

「実は、組頭の浦部どのも含めた幾人もの武藤さまの組下に、『入れ子』や『偽籍』の悪行が見つかりましてござりまする」

「なにッ！　それは真実《まこと》かッ？」

　血相を変えて立ち上がりかけた武藤に、稲葉は大きくうなずいて見せた。

「くだんの津島の行方《ゆくえ》を探るうちに、あれこれと判ってきたことにてございますが、まずは『杉浦』を騙《かた》っておりました津島の妻女と、『前田久右衛門』の妻女とは、その本石町の薬種屋の実の娘たちでございました」

「いや……。ではまさか、その商人の娘たちを、金子《かね》をもらって嫁にしておったということか？」

「はい。けだし前田や杉浦だけが、金子をもらっていた訳ではございませんで……」

　前田の妻女は、名簿にあった五人目の「塩沢八十八の次女」ということになっており、杉浦の妻のほうは、あの十一名のなかではなく「別の武藤組の御家人の娘」として、不法に幕籍に入れられていた。

「なれば、あの十一名のほかにも、そうした者がおるというのか……」

「はい……。怪しい者を一人探ると次々に、芋蔓《いもづる》のごとくに『入れ子』をはじめとした『偽籍』が出てまいりまして、この先の調《しら》査《べ》を続ければ、おそらくは別の小普請組や、役就きの幕臣たちの間にも繋がる者が出ましょうかと……」

「いや、さようか……」

豪放磊落《ごうほうらいらく》をそのまま人物にしたような武藤五郎左衛門には、まったくの「寝耳に水」であったのだろう。自分の組下の者らに、こんな重大事件を起こす者が次々に現れて、この先を一体どう収めたらよいものか、混乱しているようだった。

その武藤に、稲葉は提案して、こう言った。

「こうした幕臣の『入れ子』詐称《さしょう》は、ようある案件ではございますのですが、こたびばかりは、あまりにその根が四方八方へと広がっておりまして、どうにも収拾がつきませぬ。不躾ではございますが、もしこの先も武藤さまにご尽力をいただけましたら、どうにか収まりもついてくるのではございませんかと……」

「おう！　さようなことであれば、むろん、こちらは精一杯に何でもやらせていただきとうござるが……」

「まことにございますか！」

稲葉は明るく目を上げると、本気で嬉しく、礼を言った。

「お有難うござりまする。これで大分、目の前が明るうなってまいりました」

「いや、稲葉どの。正直、こちらも今聞いて、誰をどう検挙し始めればよいものか、途方に暮れていたゆえ、貴殿らとともにできると知って、助かったぞ」

「いえ、こちらこそ、よろしゅうお願いをいたしまする」

稲葉はまた改めて、平伏をするのだった。

十

支配役の武藤を味方につけることができたことで、稲葉たち目付方の調査《しらべ》は飛躍的に進展するようになった。

何せ武藤は、何百人もの小普請たちの情報を持っている。

名や家禄や年齢、屋敷の在り処《ありか》だけではなく、時には「まだ幕府には届け出をしていない、細かな家族情報」なども、場合によっては面談の際などに聞き知っているため、怪しい者に目星を付ける段にも、大変に頼りになるのだ。

実際、「津島の捜索」に端を発したこたびの偽籍の騒動は、しごく複雑で、面倒な代物であった。

武家にはありがちなことなのだが、自家の息子が病や事故で亡くなってしまった場合に、その「死亡届」を幕府に出さないままにしておくことが、かなりある。

たとえば、もう本当は自分の長男が病で亡くなってしまっているというのに、死亡届を出さずにいれば、長男の籍がそのままに空いていることとなる。そこに赤の他人の子供を金で買い、ポッコリとはめてしまえば、「家督相続に必要な嫡子が、簡単に出来上がる」という訳だった。

これをそのまま使ったのが、津島の入った「杉浦家」であった。

すでに六十をとうに過ぎていた杉浦家の夫婦は、ずっと無役の小普請で他人とあまり付き合いがないのをいいことに、二十五年も前に亡くなってしまった一人息子の籍を、ずっと空けたまま放置してあったのだ。

津島の知り合いには、こうした裏の情報を持っている者が多くいて、金さえ払えば、使いやすい「いい情報」を教えてくれる。

今回、津島は「杉浦家」の裏情報を手に入れて、たった二十両で、まんまと杉浦夫婦の嫡男であった「政一郎」の名と人生を手に入れたという訳だった。

「して、杉浦の先代夫婦は、今はどうしておるのだ？」

報告をしていた稲葉にそう訊いたのは、十左衛門である。

今、二人は下部屋で、いささか諸関係の込み合った偽籍騒動について、話している最中であった。

「杉浦家の裏庭に小さな離れの棟を建てまして、そこで夫婦で暮らしておるそうでございました」

「そうか……。いまだ屋敷内に居残っているのであれば、罰の沙汰を受ける対象となるであろうな」

「はい。杉浦は、あの津島から二十両を受け取ってしまっておりますゆえ、金目当ての『入れ子』ということになりまする。やはり津島と同様に、『切腹』は免れないことかと……」

「うむ。まあ、どうで、杉浦家《いえ》も断絶に相成ろうからな」

「はい……」

だが一方、杉浦家とは違い、気の毒な事情を抱えた偽籍工作もあった。

本間が最初に調べてきた「吉見家」の一件である。

今から十年前のこと、吉見家の先代はまだ五歳の病弱な一人娘を抱えて、「この将《さ》来《き》をどうすればよいものか」と、悩みに悩んでいたという。

そうして吉見が武藤組の仲間に教えてもらったのが、金持ちの商人の息子を今すぐに「娘婿」として、家に迎えることであった。

金のある商家が相手であれば、「持参金」として大金をもらった上で縁組ができる。

その金を娘の医者代や薬代に当てれば、娘ももっと元気になれるかもしれないぞと、吉見家の先代は、親切で面倒見のよい組頭の「浦部伸四郎」や、仲の良い組内の仲間たちに勧められて、商家の者と縁組してはいけないことを知りながらも、大店の次男であった十四歳の男子を「吉見助之進」として娘婿にしたのである。

だがむろん、商家の者はそのままでは、武家の婿には入れない。

それゆえ仲間の関山太之助に頼んで、助之進を「自分の弟」だということで『丈夫届』を出してもらい、五歳の娘の婿としたのだ。

「けだし、こちらの関山は『吉見さんをお助けしたいだけだから……』と、いっさい金を受け取らずにいたそうで、そのあとも、商家から来て武家の勝手が判らない助之進を気の毒がって、まるで本当の弟のように面倒を見ていたそうにございました」

「ほう……。なれば、その関山については、御上よりお情けもあるやもしれぬな」

「はい。ただ懸案は、吉見助之進自身でございまして……」

まだ十四で慣れない武家に婿に来た助之進ではあったが、普通であれば居場所のない辛い暮らしを、天真爛漫《てんしんらんまん》な五歳の娘が「助之進さん、助之進さん！」と兄のように慕って、どこに行くにも付いてまわり、救ってくれたそうだった。

それゆえ助之進は、他家から嫁をもらって吉見家の当主となった今でも、もとの妻であった吉見の娘や先代の吉見を大事にして、日々線香や花を欠かさず、仏の面倒を見ているという。

「この一連を、しつこいように繰り返して、私に話してくれましたのが、組頭の浦部仲四郎にてございまして」

小石川にある浦部仲四郎の屋敷に、「不意打ちを喰らわす」ようにして訊問に行ったのは、稲葉自身であった。

「昨夜遅くに柊次郎を連れまして、押しかけてみたのでございますが、どうやら浦部はすでに覚悟を決めておりましたらしく、『自分は逃げも隠れもするつもりはなかったが、偽籍の工作をした者のなかかには、窮地に落ちて仕方なく手を染めた者や、自身は子供で物事《もの》の善悪が判らぬうちに、実親《おや》の勧めで養子に入った者も多いから……』と、さかんにそう申しまして……」

なかでも吉見助之進の身が案じられてたまらないようで、「十四の歳に吉見家の婿養子となってもう十年、今ではすっかり幕臣としての心得が身体に染みついている助之進に、どうか御慈悲をくだされたく……」と、まるで畳に吸いつくように平伏をして、稲葉が「もうよいから、顔を上げよ」と勧めても、なかなかやめようとしなかったという。

「いや、そうであろうな。組頭の浦部にしてみれば、もう十年も付き合いのある吉見助之進だ。そうして先代や死んだ娘を忘れずに、健気《けなげ》に暮らしておるのを見れば、組頭として庇《かば》うてやりたくもなるであろうよ」

「はい。私も、まことさように思いました」

とはいえ商家の人間が、不当に幕臣の家督を継いでしまっている事実は許されないであろう。

吉見家は、むろん御家断絶になるであろうし、助之進も「切腹」となるか「島流し」となるか、普通であれば、そうした厳罰が待っている。

ただ吉見に婿に来た際に、助之進はまだ十四歳だったため、おそらくは自分の意志で来た訳ではないのだろうということと、養父の吉見や幼かった妻を今でもまだ大切にしている事実などが、恩赦を受ける種となるかもしれなかった。

いずれにしても、簡単に裁けるものではない。

自分は何の礼金も取らずに、ただ単に組内の困っている者らの相談に乗っていた組頭の浦部にしても同様で、「御役御免《おやくごめん》」程度の軽い沙汰で済めば御《おん》の字だが、下手《へた》をすれば、「御家断絶」にもなりかねない罪ではあった。

稲葉にしても、十左衛門にしても、本音をいえば、浦部や吉見のごとき善人だけは助けてやりたい。

だがそれをはっきりと口にするのは、目付には許されず、たとえ他人の耳目《じもく》のないこうした内々の席でも、お互い口に出すことはできないのだ。

と、そんな重苦しい沈黙のなかに、二人が沈んでいた時である。

「失礼をいたします」

外の廊下から聞き覚えのある声がして、橘斗三郎が部屋のなかへと入ってきた。

見れば、後ろに本間柊次郎も続いている。

「おう、どうした斗三郎。何ぞあったか？」

十左衛門が声をかけると、斗三郎はにっこりとして見せてから、つと後ろの本間を振り返った。

「柊次郎の手柄で、あの『碓氷の関所破り』の一件に、ようやく片が付きそうにてござりまする」

「いや、まことか！」

十左衛門も、思わず身を乗り出した。

自家の家臣である「田川績三郎」と駆け落ちし、碓氷峠で関所破りを試みて、結局は捕まってしまった「西山志麻」のあの一件のことである。

どうやら志麻の告発の通りで、志麻の夫の「平七郎」はどこかの大店の長男なのであろうと思われるのだが、平七郎があれこれ動いてボロを出すよう「揺さぶり」をかけても、肝心の平七郎はいっこうに動かなかったのである。

「して、どうだ？　平七郎がどこの出身《で》か判ったのか？」

「はい。本石町の薬種問屋に『亀屋《かめや》』という大店があるのでございますが、まさしくそこの『出来の良くない長男』と申しますのが、平七郎でございました」

「本石町の薬種問屋か……」

何だか前にも聞いたことがあるような気がして、十左衛門が少しく首をひねっていると、横手から助けるように稲葉が言ってきた。

「こちらの武藤組の一件でも、本石町の薬種問屋が出てまいりました。津島が買った杉浦家と、別の御家人の前田家とに、姉妹して嫁入っておりましたのが、やはり本石町の薬種屋の娘で……」

「おう、それだ、それだ。して斗三郎、なればその姉妹の家と、平七郎が家は同じであったということか？」

「いえ、そうではございませぬ。同じ町内の『商売敵《しょうばいがたき》』といったところで……」

と、絶妙なところで話を止めて、斗三郎は、後ろに控えている本間柊次郎を、再び振り返った。

せっかく手柄を立ててきた配下に、花を持たせてやりたいのであろう。

そんな「組頭《おかしら》」の気持ちを有難く察したらしく、本間柊次郎は、一つぺこりと斗三郎に頭を下げると、自分で喋り出した。

「何でも先に『自分の子を武家にした』のは、平七郎の亀屋のほうだそうにてございました」

本石町には大小幾つか薬種商があるのだが、まずは『亀屋』が一番の老舗《しにせ》であるという。

その亀屋に「出来の悪い長男がいる」というのは、あのあたりでは有名で、平七郎の父親である亀屋の主人は、そんな噂から可愛い長男を逃がしてやるため、知り合いから、その知り合い、その知己と伝手《つて》をたどって、とうとう平七郎を旗本家に『入れ子』することに成功したのである。

「それが『漆田一郎太』でございました」

漆田の家は何につけ金遣いが荒く、一郎太ばかりではなく嫁や隠居の母までが浪費癖があるため、金を欲していたのである。

その漆田一郎太の弟として、偽の『丈夫届』を出してもらって、亀屋は百両、漆田に支払った。

だが漆田の弟になったところで、旗本の家を継げる訳ではない。

今度はどこか良い旗本家に、平七郎を婿に出してやりたいと考えた亀屋は、漆田が連れてきた斎藤治右衛門にも別に百両を渡して、縁談の口利きを頼んだという。

そうして斎藤治右衛門が、「算術に長けた人物だから……」と、平七郎を売り込んだ相手が、西山家の先代であったそうだった。

「では亀屋は、漆田と斎藤とに百両ずつを渡して、あとはどこにも金は出さずにいたということだな？」

十左衛門が確かめたいのは、西山家の先代が亀屋から金子を取っていたのか否かということである。

すると本間も察して、こう言ってきた。

「亀屋は、あのあたりの知己に自慢して、よう申しておりましたそうで……」

うちの倅は、お城で御勘定吟味役をお勤めなさるような、立派なお旗本のところへ婿養子に入ったのだ。だけど立派で、とてもお堅い御家だから、私のような者が本当の親だと知れたら、追い出されてしまう。

寂しいが、倅には二度と会えないと諦《あきら》めて、遠くから出世を祈ってやるだけだと、いささかわざとらしく、そう吹聴《ふいちょう》していたそうだった。

「そんな亀屋を憎々しく眺めておりましたのが、あの姉妹の実家である『南蛮屋《なんばんや》』だそうにてございまして、『それならうちも娘二人を、必ずお武家に嫁がせてみせる!』と、ああしたことになったようにてございました」

「なるほどの……」

道理で、こうも「本石町の薬種問屋」が重なった訳である。

薬種問屋の『亀屋』と『南蛮屋』については、江戸市中の町人すべてを監察し、支配する『町奉行方』に報告を入れて処置を任せるのが、順当であろうと思われた。

「よし、斗三郎。ではこれで、西山の一件も目途《めど》が立ったな」

「はい。あとは碓氷の関所から、駆け落ち者の二人が戻されてくるのを待つばかりでございまする」

だが何と、一月《ひとつき》も経ってようやく江戸に返されてきたのは、女の志麻だけだったのである。

十一

西山家に下される沙汰が決まってから間を置かず、十左衛門はくだんの「おつた」を訪ねて、あの二階建ての長屋へとやってきていた。

志麻や平七郎をはじめとする西山家に、正式に処罰が下される前に、おつたにだけはどうしても、自分の口から沙汰を伝えたかったのである。

十左衛門には、あの日、おつたが元の主家を庇って激《げき》して言ってきた言葉が、今でも忘れられないのだ。

「ご先代さまは、そんなお方ではございません！」

と、西山家が入れ子工作に加担したことを全否定して、おつたは猛烈に怒ってきたものだった。

「西山のお家では、先々代さまもご先代さまも『御勘定吟味役』というのをお勤めになられていたそうで、それは『お城のお金の出し入れに悪いところがないよう、目を光らせるお役目』だったと、今は亡き奥方さまからも、そううかがっておりました。そんな大事なお役目をなさっていたご先代さまが、商人からお金を取って悪いことをするなんて、あろうはずがございません！」

あの時、まるで主家の仇を見るかのように、険しい顔を十左衛門《こちら》へと向けてきた元女中頭に、十左衛門は辛い話を聞かせねばならなかったのである。

「……え？　では、績三郎さんは江戸《こちら》に戻らず、そのまま碓氷の関所のほうで『磔《はりつけ》』になったのでございますか……」

「さよう。『密通』や『駆け落ち』だけならいざ知らず、『関所破り』をいたしたゆえな。どうあっても、厳罰は避けられぬ」

「………………！」

おつたは短く息を呑んだ。

磔というのは、幕府が重罪人に執行する「死罪」の一つである。罪人は腕を開いた形で木材の台に縛りつけられて、左右から脇腹や胸を槍で突き通されるのである。

死罪といえば『打ち首』や『切腹』などが普通であったが、より凄惨な様相を呈することとなる『磔』の刑は、今回の関所破りのように、他の民衆への「見せしめ」のために執行されることがほとんどであった。

そんな意味合いもあって、こたびも関所破りが行われた現場の「碓氷の関所」で、旅人への見せしめとなるよう、田川績三郎の磔刑《たっけい》が執行されたのである。

二人のうちの片方だけ、なぜ田川が磔になったのかといえば、それは「関所破り」という重罪に加えて、田川が「家臣であるにもかかわらず、主君の西山平七郎を裏切って、その妻女と密通したから」であった。

つまりは家臣としての不忠を、幕府に咎められたのである。

「それで、あの……。志麻さまは……？」

「いずれ『死罪』の御沙汰が出ようと思う。縦《よ》し『密通』と『駆け落ち』だけであったなら、命だけは長らえて、吉原に終生の『奴《やっこ》』として止め置かれることとなったであろうが、果たしてそれが、志麻どのの望む形かどうかは判らぬゆえな」

吉原に終生の奴というのは、つまりは一生、吉原で身体を売って暮らすということである。

するとおつたは、まるで嫌々《いやいや》をするように、激しく首を横に振った。

「そうしたことは、志麻さまにはとても……！　ご先代さまや奥方さまだって、そのようなことをお許しになるはずがございません！」

「うむ。さようさな……」

十左衛門は大きく何度もうなずくと、先を続けてこう言った。

「実は昨日、江戸に戻ってきた志麻どのと会うて、話をいたしてまいったのだ。志麻どのは『吉原に行かずに済んでよかった……』と、そう言って泣いておられた。『黄泉《あちら》には、父上も母上も績三郎もいるから、あまり怖くはございません』と、いかにも武家の女人らしく、言いきっておられたぞ」

「さようでございましたか……」

と、おつたはどうやらそう言ったみたいであったが、声が絞れて出ないのと、嗚咽《おえつ》が次々込み上がってくるのとで、こちらまで聞こえる声にはなっていない。

そうしてさめざめと泣き出したおつたに、平七郎や漆田や斎藤が切腹になることなど、もはや伝える必要もあるまいと、十左衛門は思い始めていた。

だが一つ、これは何としても伝えねばならないことがある。

小さな身体を二つに畳んで、身をよじるようにして泣き続けているおつたに、十左衛門はそっと優しく話しかけ始めた。

「西山の御家のことだが、やはり『お取り潰し』になる」

「…………」

それには答えず、ただ静かに泣きじゃくっているおつたに、十左衛門は重ねて言った。

「だがな、おつたどの。これは決して、西山の御家に罰が下された訳ではない。志麻どのが夫の正体を知っていたのは、以前に酔って平七郎どのが、つるりと話してしまったからで、やはりご先代は、平七郎どのの正体なんぞは何も知らずに、娘の婿になさったのだ」

「…………！」

と、おつたが涙や洟《はな》でひどく汚れた顔をそのままに、こちらへと上げてきた。

「あ……の……」

何か言おうとしているのだろう。

そのおつたに十左衛門は、「判っている」とただ伝えてやりたくて、また幾度もうなずいて見せていた。

「西山の御家がお取り潰しになるのは、『もう跡を継げる者がいないから……』という、それだけの理由《はなし》だ。それ以上の他意はない」

「……お、お有難う、ござい……」

「うむ。もうよい」

とうとう我慢しきれずに、十左衛門は手を伸ばして、おつたの丸い小さな背中をさすり始めた。

さすられて、よけいに込み上げてきたのであろう。おつたはまた、激しく泣き始めている。

おつたをさする右手にまた少し力を込めながら、十左衛門は長屋の外で遊びはしゃぐ子供たちの声に耳を傾けるのだった。

武藤五郎左衛門が支配の小普請組「武藤組」の一部の者たちに、幕府より、正式に御沙汰が下されたのは、さらに半月以上が経ってからのことである。

まずはあの十一名のうちの一人、前田久右衛門については、「商家の娘」と知りながら妻としていた罪に加えて、南蛮屋から「持参金」の形で五十両という法外な金子を受け取ったとして、御家断絶のうえ、当人は切腹と相成った。

その前田の妻を「自分の次女」として幕臣の籍に入れてやり、同じく南蛮屋から、五十両の礼金を受けていた塩沢八十八も、御家断絶のうえ、切腹。

同様に、南蛮屋の娘を「自分の長女」として籍に入れ、杉浦家に嫁に出した「別の武藤組の御家人」も五十両を受け取っていたとして、御家断絶、切腹となった。

また、二十五年も前に嫡男を病で亡くしていながら、それを隠して放置し、このたび津島に「その嫡男の籍」を二十両で売った杉浦家も御家断絶。隠居生活を送っていた杉浦家の先代当主は、だが一点、南蛮屋からは金をもらっていなかったため、辛《から》くも切腹は免れて、遠島《えんとう》（島流し）となった。

この杉浦の先代から偽籍を買って、平然と「幕臣・杉浦政一郎」として暮らしていたのが、くだんの津島である。津島は自分自身の偽籍工作に加えて、南蛮屋から五十両を受け取っていたこと、そして何より「御助け講」から四百両あまりの金子を盗んで逃げた窃盗の罪が重なったため、重罪を犯した町人に適用される『獄門《ごくもん》』と沙汰が決まった。

　この『獄門』は死罪のなかでも重罰にあたり、打ち首にされた後に、その首が公衆も覗きみることのできる刑場に、二晩三日の間、晒されることとなる。晒し首の罪人が生前どれほどの悪行をしてきたか、その罪状を記した立て札が一緒に立てられるのだが、この札のほうは首の晒しが終わった後も、さらに三十日間、立てたままにする決まりであった。

　こうして死罪に差があるのは、幕府が刑を「見せしめ」としているからである。おのれの私欲のみに走って、ともに講元を務めていた石川や講員たちに迷惑をかけても平然としているような罪人に対しては、「死後も恥辱と苦痛とを与える」ために、罪状や面体《めんてい》を公衆に晒して、人間《ひと》としての尊厳を剝奪するのだ。

　だが一方、逆に幕府が裁決をひどく迷う羽目になるのは、罪人に同情の余地がある場合である。

　こたびの一件のなかでは、『小普請組支配組頭』を勤める浦部伸四郎と、七十俵五人扶持で武藤組に所属する吉見助之進、この吉見の偽籍工作に手を貸した関山太之助の三名が、それに相当した。

　まずは関山太之助だが、これは全く私利私欲がないということで、「屹度叱《きっとしか》り」に、三十日間の謹慎《きんしん》だけと沙汰が決まった。

組頭の浦部仲四郎についても、私欲がないのは同様である。だが浦部は『小普請組支配組頭』という管理の職を勤める者として、「情に流され、おのれの本分を見失った」責任《せき》があるため、こちらは御役御免《おやくごめん》と相成った。

そうして何より懸案であったのは、二十四歳の吉見助之進である。

普通であれば、町人の身で武家の婿養子となったのだから、偽籍工作の最たるもので、御家断絶のうえ、切腹か、打ち首かというのが当たり前であろう。

だが吉見助之進は、あまりにも健気であった。

去年、嫁に来たばかりの十七歳の妻女にもすべての事情は話してあって、夫婦して先妻である吉見の一人娘や、先代夫婦の仏の世話を甲斐甲斐しく務めている。

そのうえに「吉見家の皆のためにも、どうにか御家を興隆させなければならないから……」と、当主の自分が幕府の御役に就けるよう、懸命に道場にも通い、支配役の武藤の屋敷へも通ってと、日々頑張っていたのである。

その吉見助之進に、江戸市中から追放の「江戸払《えどばらい》」の沙汰が下ったのは、六月も終わりのことであった。

吉見家はむろん取り潰しとなったのだが、「切腹か、打ち首か、島流しか」と、さんざんに助之進の処罰に迷っていた『御用部屋』の上つ方が、結局は十左衛門ら目付方から総意で上申された意見書の内容を採用して、「江戸払でよかろう」と、恩赦を認めてくれたのである。

その理由の一つとして、「実際に偽籍工作をしたその当時、助之進はまだ十四歳であり、おそらくは自身の意思で武家に入った訳ではなかろうから……」という、いささか言い訳めいた内容がつけ足されていたのだが、とにもかくにもこの一連の「入れ子騒動」は、これで落着を見た形となったのであった。

「今朝早く、吉見が江戸を発ったそうにてござりまする」

ともに当番を勤める目付部屋のなかで、十左衛門を相手にそう言ったのは、稲葉徹太郎である。

「ほう。今朝、発ったか……」

「はい」

「して、吉見が妻女は、どうしたようだ？」

「それなれば、吉見とともに、江戸を出たそうにてござりまする」

十左衛門の問いに、稲葉はにっこりとして先を続けた。

「あとの面倒を見ていた柊次郎の話では、吉見はだいぶ妻女を叱りつけまして、『私のことはいいから、おまえは実家に帰るがよい』と繰り返していたようなのですが、やはり言うことを聞かなかったようにてございますね」

「さようであったか……」

十左衛門も顔を緩めてうなずいた。

まだ若い吉見夫婦が、どこでどう暮らすつもりでいるものか、正直なところ予想もつかない。助之進は十四まで商家で育っているのだし、吉見の妻は小禄の御家人とはいっても、れっきとした幕臣の出身なのである。

その幕臣としての身分を捨てて助之進に付いていったのであるから、やはりどこかで小商いでもして暮らすつもりでいるのだろうか。

と、そんな風に沈思していた十左衛門に、横手から稲葉が声をかけてきた。

「吉見《よしみ》助之進は、先妻や先代夫婦の位牌をすべて連れて、江戸を発ったそうにてございます。吉見家の皆も、どんなにか喜んでおることでございましょう」

「ああ。さようさな……」

なればこの先、どんな形で夫婦が暮らしていこうとも、吉見の家は続いていくということである。

十左衛門はただ嬉しくて、静かに思いを馳せるのだった。

時代小説
二見時代小説文庫

功罪《こうざい》の籤《くじ》　本丸《ほんまる》　目付部屋《めつけべや》10

二〇二一年　一月　二十日　初版発行

著者　藤木《ふじき》　桂《かつら》

発行所　株式会社　二見書房
〒一〇一-八四〇五
東京都千代田区神田三崎町二-一八-一一
電話　〇三-三五一五-二三一一［営業］
〇三-三五一五-二三一三［編集］
振替　〇〇一七〇-四-二六三九

印刷　株式会社　堀内印刷所
製本　株式会社　村上製本所

ISBN978-4-576-21211-1
https://www.futami.co.jp/

藤木 桂

本丸 目付部屋 シリーズ

以下続刊

①本丸 目付部屋 権威に媚びぬ十人
②江戸城炎上
③老中の矜持《きょうじ》
④遠国《おんごく》御用
⑤建白書
⑥新任目付
⑦武家の相続
⑧幕臣の監察
⑨千石の誇り
⑩功罪の籤《くじ》

大名の行列と旗本の一行がお城近くで鉢合わせ、旗本方の中間《ちゅうげん》がけがをしたのだが、手早い目付の差配で、事件は一件落着かと思われた。ところが、目付の出しゃばりととらえた大目付の、まだ年若い大名に対する逆恨みの仕打ちに目付筆頭の妹尾十左衛門は異を唱える。さらに大目付のいかがわしい秘密が見えてきて……。

正義を貫く目付十人の清々《すがすが》しい活躍！

早見俊

椿平九郎 留守居秘録

シリーズ

以下続刊

①椿平九郎 留守居秘録　逆転！評定所
②成敗！黄金《きん》の大黒
③陰謀！無礼討ち
④疑惑！仇討ち本懐

出羽横手藩十万石の大内山城守盛義は、江戸藩邸から野駆けに出た向島の百姓家できりたんぽ鍋を味わっていた。鍋を作っているのは、馬廻りの一人、椿平九郎義正、二十七歳。そこへ、浅草の見世物小屋に運ばれる途中の虎が逃げ出し、飛び込んできた。平九郎は獰猛な虎に秘剣朧月《おぼろづき》をもって立ち向かい、さらに十人程の野盗らが襲ってくるのを撃退。これが家老の耳に入り……。

瓜生颯太

罷免家老　世直し帖

シリーズ

以下続刊

①罷《ひ》免《めん》家老　世直し帖1　傘張り剣客

②悪徳の栄華

出羽国鶴岡藩八万石の江戸家老・来栖《くるす》左膳《さぜん》は、戦国以来の忍び集団「羽黒組」を束ね、幕府老中となった先代藩主の名声を高めてきた。羽黒組の課報活動活用と自身の剣の腕、また傘張りの下士への奨励により藩を支えてきた江戸家老だが、新任の若き藩主と対立、罷免され藩を去った。だが、新藩主への暗殺予告がなされるにおよび、来栖左膳の武士の矜持《きょうじ》に火がついて……。新シリーズ！

森 真沙子

柳橋ものがたり

シリーズ

以下続刊

① 船宿『篠屋《しのや》』の綾《あや》
② ちぎれ雲
③ 渡りきれぬ橋
④ 送り舟
⑤ 影燈籠《かげどうろう》
⑥ しぐれ迷い橋
⑦ 春告げ鳥

訳あって武家の娘・綾《あや》は、江戸一番の花街の船宿『篠屋《しのや》』の住み込み女中に。ある日、『篠屋』の勝手口から端正な侍が追われて飛び込んで来る。予約客の寺侍・梶原だ。女将のお簾は梶原を二階に急がせ、まだ目見え（試用）の綾に同衾《どうきん》を装う芝居をさせて梶原を助ける。その後、綾は床で丸くなって考えていた。この船宿は断ろうと。だが……。